U0062114

夏一夫先生畫作，作者收藏。

學人側影

黃進興 著

香港中文大學出版社

目 錄

序

日本文評家厨川白村(1880–1923)曾有一句名言：文學創作乃是「苦悶的象徵」。我想沒有人更能體會此中的真諦。

2016年9月，個人不自量力接下中央研究院人文組的行政工作。平時公務繁忙，雖說一心偶爾可以數用，但又不能分心耽誤公事，所以只得利用夜晚和週末的有限時段，從事一些零星的探討，是故至多只能產出一些小品文。有天夜深人靜，突然靈光一閃，多年前書寫《哈佛瑣記》的經驗，給我一個及時的啟發：既然缺乏充分的時間可進行深度、廣度兼顧的研究，不如僅憑回憶，捕捉若干所見所聞，尤其是自己因緣所遇的學人，

縱使是驚鴻一瞥亦無妨。因此拙作所描述的學人，其中有些人物僅只一面之緣，若哲學家桑代爾；也有歷數十年情誼的老朋友，若孫康宜、王德威、杜贊奇、田浩等，另外當然包括惠我良多的幾位飽學的師長。之間熟識的程度雖然有別，但用心則無兩樣。

　　然而有些名家囿於只有一言半語，難以成篇。例如：史基納（Quentin Skinner, 1940– ）2013年在史語所所長室談到他年少輕狂時寫下成名作：《觀念史中的意涵與理解》（*Meaning and Understanding in the History of Ideas*, 1969)，其自得之狀，猶歷歷在目。2015年，微觀史家金茲堡（Carlo Ginzburg, 1939– ）於「傅斯年講座」，慷慨激昂闡述猶太人的歷史情境及政治立場，義正嚴詞，聲若洪鐘，震耳欲聾。2016年因擔任「中央研究院講座」來訪的查爾斯・泰勒（Charles Taylor, 1931– ）教授，多年來在倫理學、政治哲學以及思想史方面成就斐然，早已躋身世界一流學者以及思想家之列。他近年來關於世俗化（secularization）的理論，在學界舉足

輕重；個人在從事孔廟聖地的分析時，曾有所參照。
我也把握了他訪問中研院史語所的機會，與他當面討
論在跨文化的脈絡下，神聖性與世俗化對立的不同可
能樣態。雖至為景仰，然僅止於此，只得忍痛割愛。
整體而言，這些書寫都僅止於個人的接觸，所以不免
主觀成分居多，而局限於片面的觀察。記得英國史學
大家伯林（Isaiah Berlin, 1909–1997）曾出了一本名人見
聞錄：《個人印象》（*Personal Impressions*, 1980），運筆之
間，或許對我多少有些微的啟示，拙作敘述的手法，
約可比擬繪畫的「素描」或攝影的「快照」吧！

　　其他學術論文的產出，大略也是處於同樣公、
私交迫的窘境。學人札記約略只需兩、三天即可草
就，但與「王國維」則足足奮鬥了不下三個月，方得
下筆勉強成篇，寫成〈王國維的哲學時刻〉一文。本
來三十多年前，我原擬以「王國維」作為博士論文，
但與其糾纏了幾個月，便發現自己力有未逮，並沒有
足夠的準備，可以處理像王國維這樣了不起的學者，

其學問之廣博和運思之複雜，皆非初學者的我可以承擔，當時遂得中輟而滿懷挫折。歲月蹉跎，即便今日智識稍長，個人也只敢擷取他問學之初的一小段，略作分析，淺嘗即止。但總算一償夙願，彌補了昔日的缺憾。香港中文大學出版社陳甜女士復再三建議，收入若干討論思想史上之重要學人的論文，與「素描」當代學人的札記並置，穿梭於思想史與學術界的不同時空，將研究對象與研究者作一對觀。其間究竟有何分殊，竟難以分曉？

　　末了，我必須向陳靜芬女士致謝。多年來，她不辭辛勞且極具耐心地整理了我塗鴉的文稿，俾便為來日刊行，做了最佳的預備。

台北南港

中央研究院歷史語言研究所

黃進興謹誌

2019 年 8 月

第一部分

我的老師

頭回看到余英時老師是一九七五年二月，

他剛當選中研院院士不久，

為台灣大學歷史研究所做了一次講演，

題目是「清代思想史的一個新解釋」。

我當時猶忝列「批余小將」，

以打倒學術權威為己志，

聽了這個講演，心中若有所失。

師門六年記：1977-1983

　　頭回看到余英時老師是 1975 年 2 月，他剛當選中研院院士不久，為台灣大學歷史研究所做了一次講演，題目是「清代思想史的一個新解釋」。這個演講整理成稿後，成為以後二十年研究中國思想史「內在理路」的典範，影響極為深遠。而我當時猶忝列「批余小將」，以打倒學術權威為己志，聽了這個講演，心中若有所失。

　　後來因緣際會到哈佛大學念了六年書，才算真正接觸了余老師。我能夠進哈佛大學完全得力於他的推薦。1976 年，我到美國匹茲堡，還沒有註冊，聽紐約的同學說，哈佛大學的余英時教授要找一個人談話，這個人恰巧就是我。之前，申請哈佛的研究計劃，

寫得有些不搭調，要去的院系不大對頭，所以沒被錄取。大概余先生看了有點印象，他有次到台灣做演講，我在台下聆聽，卻不明就裏。同學幫我找到了余先生的電話，我打過去，余先生說：「既然你在匹茲堡大學還沒有開學，就過來波士頓玩玩。」於是我就搭了灰狗巴士，先抵紐約，再轉去波士頓。在哈佛的燕京圖書館跟余先生談了三個多小時，對我後來的治學是個轉捩點。

那時我不知天高地厚，大放厥詞。現在回想那次談話，不禁會臉紅：主要針對陳寅恪等名家而發。余先生跟我半聊天、半面試時，我放言：「讀陳寅恪的東西，覺得他的表達方式很奇怪，常是先有引文，才有自己的觀點。這引文裏的資訊ABCD非常多，最後拿的可能只是其中的B，可是讀者初讀這一段資料的時候，並無法預知他的邏輯推論是怎樣進行的。」余先生覺得這個初生之犢，連史學大家都敢胡亂批評，當然知道是很膚淺的。但余先生十分包容，聊了三個多小

時後説:「你明年轉到哈佛來吧!」我那時尚未遞出申請,就知曉可以進哈佛大學了,不禁喜形於色,難掩內心的興奮。

後來回到匹茲堡大學見到許倬雲先生,老實供出實情。許先生説:「既然你的興趣在思想史、學術史,還是跟余先生比較好。」在匹茲堡這七個月裏,我便跟著許先生做一些導讀,了解他的學問,也有不少收穫。

但我剛到哈佛大學那一年,余英時先生即受耶魯大學禮聘為講座教授,一時無法親炙教誨。

哈佛大學的六年讀書生涯,是我夢寐以求的快樂時光。以前在台灣大學讀書時,無法早起,經常日正當中才去課堂;遲到或曠課乃是常事。而到了哈佛大學,早上五、六點每每就自然起床,醒來便士氣昂揚,想直奔課堂,目睹列聖列賢的光彩。[1]又性喜逛書

1　當時哈佛人文薈萃的盛況,容可參閱吳詠慧,《哈佛瑣記》(台北:允晨文化事業公司,1986;北京:中華書局,2009)。

店，嗜書如癡，有位朋友到我的宿舍，看見藏書堆到天花板，就説：「幸好波士頓沒有地震，不然那麼多書倒下來，準把你壓死。」

　　初始，我的研究方向係西方思想史和史學史，後來起了變化，跟兩位老師有絕大的關係。其中一位是比較思想史的大家——史華慈（Benjamin I. Schwartz, 1916–1999）。那時我的西方思想史題目也定了，有一次他跟我聊天：「你有這樣的底子，做西方的學術當然很好，但是在西方不乏有人可以做得更好，將來恐難脫穎而出。為什麼不回去做中國學問？一般做中國學問的人沒有你這般西學的底子，有不同的眼光和訓練，説不定會看出一些有趣的問題？」當時聽了有些洩氣，好像史華慈看輕了我之前西學的努力。後來心情沉澱之後，也覺得不無道理。又去請教余英時教授，方才定案。其實余先生由哈佛大學轉任耶魯大學，並沒有正式教過我，我讀書跟的是余先生的老師楊聯陞（1914–1990）教授。可是我上楊教授的課只有第一堂和

最後一堂。第二堂去的時候，教室空無一人，我覺得奇怪，怎麼請假也不講。後來從系裏知道，那時他的精神不佳。

史華慈先生說：「既然你問學有這樣的轉變，得在中國學方面多打點基礎，我介紹你到耶魯去跟余英時教授好了。」他顯然不知我事先就認識了余先生，我則喜出望外，順理成章接受了他的好意。當晚史華慈先生打了電話給余先生。之後，我每隔兩、三個月就會去余先生家住一、兩晚。這是我一輩子讀書最愉快的經驗。我和同學康樂（1950–2007）兩個人一起去，每一次都聊到晚上三、四點。因為聊得太晚，就乾脆在余先生家打地鋪，醒來再聊，下午才走。

康樂原本就讀耶魯，為人熱情而有理想，對政治獨有見解，常跟余先生做台灣輿情分析。我則把握難得的機會作了很多的提問。余先生在耶魯時，恰值創造力的高峰，佳作如活水源源不絕。每回一有新作，他總會讓我們先睹為快，我們算是最初的讀者。有時

余英時老師與作者（攝於1991年10月28日）

我們就提供一些意見，我充當主要批評者，雞蛋裏挑骨頭。那時等於讀了兩個學校，耶魯和哈佛，常常來來去去。余老師和師母除了在學問上指導我們，生活也幫了很多忙。我們在高談闊論時，師母便忙著做飯、準備晚餐與宵夜。師母對我們很體貼，很照顧，我內心由衷地感激。

作者與余老師伉儷（2013年10月2日攝於普林斯頓）

　　在哈佛，我打了一個比較全面、紮實的底子。那時受余英時先生影響，且戰且走，彌補舊學的不足。在哈佛，史華慈雖是我真正的指導教授，可是我的博士論文題目《十八世紀中國的哲學、考據學與政治：李紱和清代陸王學派》（*Philosophy, Philology, and Politics in Eighteenth-Century China: Li Fu and the Lu-Wang School*

under the Ch'ing）卻是余英時先生給的。他的設計頗有深
意，刻意找一個冷門的題目，令我無所依傍，沒有二
手資料可以參考，唯一的只有太老師錢穆（1895–1990）
的《中國近三百年學術史》中有一章專門寫到「李穆堂」
（1673–1750）。所以我只有把李紱的文集一本一本地
翻閱，歸納出自己的看法。我的博士論文寫得相當順
利，大概一年九個月就完成了初稿。當然並非個人天
縱英明，而是有個學識淵博的老師做指引。每寫完一
章就呈請余先生過目，看是不是「在正確的軌道上」（on
the right track）進行，而不是胡扯一通。他說這個方
向是對的，我就繼續寫下去。此外，史華慈教授對內
容也有所批評與指點。猶記得他曾笑，我論文寫了大
半，主角「李紱」還未粉墨登場，彷彿故佈疑雲的偵探
小說。後來論文完成之際，史華慈教授卻難掩失望之
情，似乎覺得偌多我在哈佛所浸潤的西學，毫不見蹤
影，無從發揮。臨別之時，諄諄告誡有朝一日，應將
中、西學問融為一爐。

　　但拙作整體而言，關鍵的還是余英時先生的指導。畢業數年之後，酌加增訂，幸運地被劍橋大學出版社接納出版，這起碼對得起師門了。

　　近來大陸有人要研究李紱，想翻譯這本書。[2] 我說：日本也有學者寫李紱，但自己還未取閱，應該可以參考。我想日本學者或有不同的見解吧！李紱是清代陸王學派最重要的代表人物，但罕有人注意，相對隱晦。他是一個次要的思想家，因為是次要的，反而更能反映一個大時代的氣候。因為第一流的思想家、學者，往往超越那個時代，走在前面，要談朱熹、王陽明的哲學反映了當時什麼具體的狀況，並不容易；而李紱更能反映當時學術和政治的氛圍。

　　我求學時，哈佛大師雲集，遊學於各名師之間，雖其樂融融，但如前所述，實際上受史華慈和余英時兩位史學大家的教益獨多。記得有次余先生偶過波士

2　目前已有中譯本，但欠理想。

頓時，有一晚電話召我聚談，難得有機會在名家前面表達己見，隨意暢談，只見余先生頻頻點頭說：「年輕人立志不妨高，但不要犯上近代學者鋼筋（觀念架構）太多，水泥（材料）太少的毛病。」那天深夜和余先生步行到唐人街吃宵夜，我聽余先生一再說：「做學問說穿了就是『敬業』兩字。」從古人的「聞道」到余先生的「敬業」，我靈光一閃，似乎看到近代學術的真精神。

年輕時，曾經有一段時間身體並不太好；一向很崇拜人道主義者——史懷哲（Albert Schweitzer, 1875–1965），夢想去非洲當無國界醫生。余英時先生聽了說：「你的身體這麼差，不要增加人家的負擔就很不錯了。」方才有所醒悟。後來，機緣巧合之下，我練起了羅漢功，身體大有起色。四十歲以後身體才慢慢變好。我太太說，嫁我很不值得，一年有半載都躺在病床上。學問做得很辛苦，練了羅漢功，沒想到身體就好了，總算度過了人生最辛苦的階段。

1982年，我完成了博士論文初稿，本來交上去了

就可以畢業，但系上秘書告訴我明年的獎學金已批示下來，為了貪得多留一年在哈佛，我又將論文取回。其實，我的獎學金都是史華慈老師一手的「傑作」。他常怕我挨餓，有次竟然問：「有沒有食物吃？」為了讓我一心向學，他安排了令我無憂無慮的獎學金。其他同學似不明就裏，只看到我整天閒蕩，逛書店、到外系聽課，不必帶學生、當助教，有點奇怪。

那年余老師復推薦我申請到國際朱子學會論文發表的機會，不意增長了不少見識。那一次大會值得大筆特書：大陸甫開放，代表團裏包括李澤厚、任繼愈（1916–2009）等著名學者，最引人注目的則是馮友蘭（1895–1990）。但在幾天的會議裏，大陸代表卻刻意與他區隔，在餐桌上他與女兒兩位孤零零地用餐，不明緣故的我，心裏很不忍。余老師、陳榮捷（1901–1994）老先生偶爾會過去跟他寒暄兩句。

日本方面的代表團陣容龐大，不容小覷，居中漢學泰斗島田虔次（1917–2000）教授更絕少出席國際會

議。由於他念過天津中學，中文甚佳，居間常有請益的機會，有回他言道，雖與余教授的學術論點不盡相同，卻不能不推崇他是當今中國最了不起的學者。這個評斷，迄今記憶猶新。

畢業返台不久，有天同門康樂突攜來一幅余老師的題字，說要給我留念。由於自認是書法的白癡，從不敢奢想老師的墨寶，不意竟有此意外的禮物。之後，每當夜深人靜獨處書房之時，遂常與這幅字兩相對顧，細細咀嚼其中寓意。余老師藉龔定庵（龔自珍，1792–1841）的詩，這樣寫道：「霜毫擲罷倚天寒，任作淋漓淡墨看，何敢自矜醫國手，藥方只販古時丹。」

另外，鮮為人知地，余老師在耶魯任教期間，對台灣民主與人權的發展，甚為關切；他且一度為美麗島事件（1979年12月10日）投書《紐約時報》（The New York Times），替黨外仗義直言。有趣的是，當時代表國府立場反駁他的卻是日後當上台灣總統的馬英九先生。

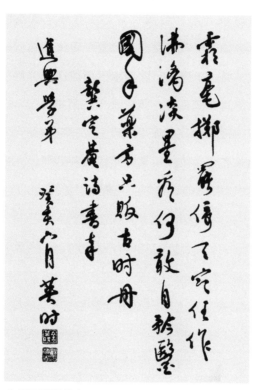

余老師題贈的書法

　　該時余老師為台灣作育不少人才,他臨別哈佛之際,除了收了我,還有洪金富、丁友兩位同學。在耶魯時,更收了康樂、陳弱水、周婉窈等台灣的留學生。他認為有必要為台灣培養一些讀書種子。這些人後來回到台灣也各自在學術教育界堅守崗位,不負所望。開放之後,他復積極栽培大陸年輕學子,為中華文化做薪火相傳的工作,此是後話了。

初刊於 2009 年 12 月,2019 年 7 月增訂。

我們的英文啓蒙者：
齊邦媛先生

誰都難以料到，我們的英文老師竟是《巨流河》的作者——齊邦媛先生。

今年7月26日上午，偕拙荊和王德威兄驅車前往桃園長庚養生文化村去探望齊邦媛先生。她大病初癒，剛回到養生村住所。齊老師高齡九十五，一生春風化雨，作育英才無數。台大歷史系和中文系研究生無不上過她的特訓班「高級英文」。她為帶領這群懵懵懂懂的學生攻下英文的灘頭堡，讓我們不再懼怕外語閱讀，立意為小子打開窺探西方文化的一個小窗口，委實煞費苦心。

記得當時的課本之一，便是名家史東 (Irving Stone,

1903–1989) 的梵谷 (Vincent Willem van Gogh, 1853–1890)
傳 ——《生之慾》(*Lust for Life*)，讀來津津有味，感動
異常。這也是個人生平第一本從頭到尾完讀的英語小
說。書的封面上有梵谷自畫像，像極我們班上同學，
林瑞明 (詩人林梵)。他是老師最鍾愛的學生，經常
不修邊幅，長滿了鬍鬚。有回老師給了他錢去填飽肚
子，順便整理儀容。

　　上完一年「高級英文」，只有一回去西門町看電
影，碰巧坐在齊老師和另位女士的後面，並不敢打擾
她們。此後再見面已是二十多年後，王德威母親——
姜允中女士作東，請齊老師、我們夫婦、李孝悌 (他是
老師的高材生)，在「天廚菜館」吃午飯。該餐廳在台
北以北方菜聞名。王家是長年老顧客，故老闆前來招
呼，菜上得特別好。此回兩位年近古稀具傳奇性的女
性，久別重逢，自然談笑風生，其樂融融。拙荊在宴
席間，從各個角度拼命拍照；後來老師回了一張印有
「打字機」的精美雅致的小卡片，意味深長，令人遐思。

　　原來德威和齊老師有兩代的世交。德威兄的父親
王鏡仁和齊老師的令尊(齊世英)在抗戰時，便曾是
親密的戰友。來台之後，王先生無懼國民黨的白色恐
怖，每星期離家三天去幫齊先生編輯《時與潮》，家人
均蒙在鼓裏。德威在離台赴哈佛任教之前，齊老師召
故人之子敘舊，方得知此段原委。情誼自然非他人可
比。而多年後，德威又協助《巨流河》各種外語的迻
譯，俾便廣為流傳。兩代隆情高誼，直是佳談。

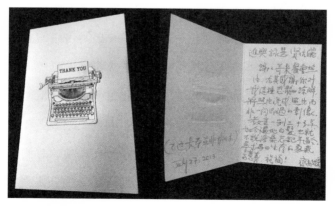

齊邦媛老師寄回的小卡片

　　這回因齊老師擬把錢穆太老師的墨寶，贈送給中央研究院歷史語言研究所收藏，以資紀念。德威兄要我親自前去接納，以示慎重，我遂欣喜交加，又有機會前去拜見老師。她一見面劈頭便說，你是那個「吳詠慧」！讓我相當詫異。和齊老師言談間，她稱和錢穆太老師因請教編譯館教科書的爭議，而成了忘年之交；曾多次去外雙溪的素書樓探望錢先生，相談十分投趣。有天，錢先生便寫了一幅字，引用明代大儒高攀龍（景逸，1562–1626）的五言絕句贈她留念。齊老師如獲至寶，喜不勝收，掛在書房時時欣賞。但她最終考慮要將這幅墨寶送給史語所典藏，因為史語所有不少受教於她的高明弟子。老師用心良苦，非我們後輩得以窺知，只能說師生情誼所繫，感念再三。她復特別提到《巨流河》一書中，攸關錢穆老先生的敘述和評價，用了不少余（英時）老師的文本，卻未加以註明，頗感歉意。我安慰齊老師，您寫的是文學的自傳體，又不是撰寫正式學術論文，此事不用擔心。但她還是

齊老師將錢穆墨寶惠贈史語所

齊老師、作者與王德威（2019年7月26日攝於桃園長庚養生文化村）

耿耿於懷，一再叮囑我要向余老師鄭重致歉，好似脫不了學人的習性。

　　齊老師和德威語及陳年往事，有一段攸關齊老師早年纏綿悱惻，哀怨感人的故事。原來年輕時她結識一位英挺有為的同學，後因世變，不得不分開。這位年輕人後來為了抗戰從軍去了，自忖性命難保，竟與老師訣

別，誆稱已結交一位女友，勸老師自求幸福。沒想到，後來他在空戰中果真不幸殉職了。1947年，齊老師帶著一顆破碎的心靈，淚汪汪地離開了大陸傷心地，來到偏遠的台灣任教。日後和我們結下師生之緣。

多年之後，齊老師方知事情的原委。有次趁德威兄前去大陸講學，老師遂託他尋覓這位烈士的墓碑。南京郊外有軍人公墓，德威去「陸軍公墓」，找了許久，未能使命必達。最後，齊老師自行前往，果在「空軍公墓」尋得烈士的墓碑所在。顯然冥冥之中自有安排！如此堅貞不渝的戀情，今日的人都只會當作童話裏面才會出現的故事。[1]

1　按，南京空軍公墓之建，乃因1989年戈巴契夫訪問中國大陸時，抱怨大陸無視抗日援華俄國空軍犧牲者。中華民國空軍烈士順道沾了點光，也兼及美國空軍人員。地點非常隱蔽，南京本地人多不知。台北大直的空軍司令部軍史館有一張放大的張大飛（1918–1945）照片，乃因《巨流河》一書引起諸多反響而特製。其他諸多犧牲者之個人檔案多塵封地下室檔案櫃中。感謝范毅軍教授所提供的訊息。

　　在那孤寂、幽靜的養生村，遲暮之年的齊老師卻能踽踽獨行，找到生命的寄託，逐字逐句完成風行兩岸三地的鉅著《巨流河》，過著「充實而有光輝」的人生。她與我們見面談話，時時洋溢著開朗樂觀的活力。齊老師對養生村甚為滿意，頻頻稱道企業家王永慶先生極有遠見的善舉，能設想至照料老年人的生活。她自己卻不期然也變成養生村的活看板，吸引不

THE Reading Woman

齊老師書房所懸「閱讀中的女士」

少名人前來安居。但回家後半夜讀了老師送我的《一生中的一天》（2017年出版的散文和日記合輯），頓然墜入幽暗的深淵，全然有異樣的對比，似乎在老師內心隱藏了無比的孤寂與淒涼。

那回老師送的書，上面固然題了祝福我們的語詞，但腦海內浮現的盡是老師「最後的書房」所懸掛的「閱讀中的女士」（"The Reading Woman"），哀傷、孤寂、專注而無奈。某夜，讀到一半，忽然心緒失衡，得了急性痛風。心疼和身痛遂合而為一。

初刊於 2019 年 10 月。

哈佛之愛：
追憶蕭啓慶老師

　　1971年，蕭啓慶（1937–2012）先生由美返回台灣
大學歷史系擔任客座教授，個人始有幸得以親炙老師
的教誨。當時在海外成學，而願意回家鄉任教的人，
並不多見，蕭老師是其中一位。

　　記得他傳授兩門課，一是內陸亞洲史的研究專
題，另一則是屬於概論式西方漢學選讀。我甫進入歷
史系不久，只能旁聽後一門課。由於蕭老師出身哈佛
名門，所以慕名者眾，加上蕭老師見識新穎、論說優
雅，不啻為我們開了西方漢學的一扇門。蕭師母王國
瓔女士，原是哈佛同窗、專治文學的才女；她適時在
報紙副刊發表了〈雪地裏的春天〉一文，描述哈佛遊學

的經歷，筆觸飄逸動人，風靡學界一時。早就有志前往西方求經的我，竟然受其感動，從善如流，把心目中的學術聖地由此一「劍橋」（英國）移情至彼一「劍橋」（美國麻州哈佛所在地）。

當時蕭老師發表了〈北亞游牧民族南侵各種原因的檢討〉（1972），邊疆史雖非我的專業，但拜讀之餘，卻已佩服得五體投地，四處宣揚。之前，我對方法論著迷萬分，以為得此利劍，史學問題自會一一刃解。有一次與蕭老師聚會，受其當頭棒喝，謂「史學方法乃名師大儒，方有資格談論，並不適合初學者憑空構想」，令我頓然有「拄杖落手心茫然」的感覺。

課堂之餘，班上同學偶邀蕭老師夫婦聚會，學生們童言無忌，放言高論，常惹得他們夫婦兩人哈哈大笑，我們自然成了老師的開心果。

日後我有幸前往哈佛進修，眼界頓開，方才明白蕭老師的博士論文——《元代軍事制度》（*The Military Establishment of the Yuan Dynasty*, 1969）——乃是攻堅之

作。緣其業師柯立夫（Francis W. Cleaves, 1911–1995）先生所指導的元史論文，常要學生擇一元史志書先予英譯，再加闡釋。對原本來自華文世界的學生，恐難領略其中妙處。殊不知若未能確切理解志書文意，復按英譯立即高下立判，無所遁形。而蕭老師逕取《元史・兵志》，乃是志書之中最為艱難者。蓋其他志書容有前後宋、明兩朝可以比對，但蒙古人的軍事制度乃獨樹一幟，在朝代之間，誠屬斷裂，無可因循。是故，英譯《元史・兵志》用力獨多。而蕭老師對元朝軍制所涉及各個面相的疏理，在軍事政治史的領域，允為個中翹楚。1978年由哈佛大學出版後，立受學界一致的推崇。

在哈佛就讀時，有一、兩回，我碰到蕭老師返回哈佛燕京圖書館查閱資料。那時正是下雪的季節，我看著蕭老師靜謐地在閱覽室翻閱書籍，心中突然浮現一幅「書生本色、與世無爭」的畫像，遂有啟悟。

哈佛畢業後，我進入史語所服務。1985年前往新

加坡國立大學東亞哲學研究所從事研究一年，又有機
會與蕭老師重逢。新加坡地處熱帶，經年酷熱，生活
相當單調。恰逢蕭老師執教國大，常常邀請我們這幫
從海外來的遊子在外聚餐，間或在其寓所閒聊。當時
包括了劉述先、戴璉璋、馮耀明、翟志成諸先生，自
鳴為「坡儒」。劉先生則戲稱星洲之會，叫做「五星聚
奎」，但東道主則常是蕭老師。

　　當時我心裏頗為蕭老師叫屈，因為新加坡以英文
為尚，中國文化的水平有限，蕭先生只能教些通識概
論，行有餘力，方才得閒致力於專門之學。蕭先生雖
然獨學而無友，仍以非常人的毅力，交出傲人的研究
成果。他每自況這段動心忍性的時期為「星洲堅持」，
而一生唯一念，專治冷門的蒙元史則是「千山獨行」。

　　1994年，蕭老師、師母連袂放棄國大的高薪教
職，毅然決然返台。蕭老師擔任清華大學歷史研究所
的教授，而師母則轉至台灣大學中文系任教，賢伉儷
均甚受學生喜愛，學界則視他們為比翼而飛的神仙眷

侶。在那段時期，蕭老師「放手一搏」，邁入學術產出的高峰期，遂卓然成大家；復又栽培出不少專治元史的學生，師生相得，想必精神極為愉悅。根據他自己於1994年所述：

> 過去二十年來在新嘉坡的生活可說是安樂豐盈，但對於一個知識分子而言，總覺此處安身有餘，卻是立命不足。世間之事，東隅桑榆，不易兼得。取捨之間，往往因年歲而不同。年輕歲月，不得不為稻粱而營營。中年以後，不再受迫於生計，更期盼精神上的滿足。經此抉擇，衷心希望研究與教學的結合更為緊密，或可在遼金元史研究上作出較多的貢獻，弱水三千，我取一瓢，別無奢求。

2000年，蕭老師便當選中央研究院院士，但他並不以此自滿，仍然勤奮著述不斷。無奈此後，蕭老師或因用力過勤，身體健康日趨下坡，曾數度住院。

2007年，在台北醫院診斷出心瓣膜的問題。後得其大學同窗好友李敖先生的協助，得以轉至振興醫院，由心臟外科名醫魏大夫主刀。好不容易安排妥開刀時間，我雖然掛念殷切，但礙於公務纏身，不得不前往日本開會。回國後，急忙致電醫院，關心手術的情況，但魏大夫的助理卻表示，蕭教授驟然取消開刀，要等他學生回國後，才接受開刀，令我啼笑不得。要知魏大夫乃國際馳名的名醫，一刀難求。後來與師母及魏大夫再次商討，並代老師決定人工心瓣膜的種類，方才獲得老師首肯動刀，開刀過程也十分順利。

蕭老師出院後，的確過了一段不錯的日子。但在醫生的眼裏，老師並不是一位聽話的患者，復健做得並不踏實，因此距離完全康復尚有一段距離。師母固然盡心盡力照料，卻難見起色。三、四年的光陰間，老師日漸消瘦，與其共餐，漸難終席。偶爾帶些蕭老師喜愛的甜點、水果給他，也緩不濟急。居中，我們師生有數席交談，他卻常以史語所的發展為念，頻頻垂詢。

　　最令我感動的是，他辭世那年的年中，業已舉步維艱，足不出戶；竟然仍掛念著學生選舉院士之事，拖著微弱之軀，參與院士開幕典禮。不到半小時，亟請救護車送他返家休息。但到了投票那一天，他又現身會場，全體院士見他形色欠安，一一趨前問候。蕭老師顧慮到自己體力僅能停留極短暫的時間，甘願冒著生命的危險，前來院士會議搶先發言，並完成投票，其愛護學生之心，由此盡見。

　　蕭老師對養生毫不措意，有時預約了醫生，又不赴會，令我頗是傷腦筋。某回，我特意前往他家裏情商。言談之中，蕭老師認為他從事冷門學問，而能獲得「院士」的殊榮，已屬難得；新近復完成兩部醞釀二、三十年的力作（《元代進士輯考》及《九州四海風雅同：元代多族士人圈的形成與發展》，分別於2012年3月、6月出版），此生於願已足。他反勸我無須多操心。此番講話，不啻老師的見道之言。月餘之後，蕭老師便與世長辭。

　　他的喪禮，門生故舊麇集，哀戚感人；國家特頒
了「褒揚令」，以表彰蕭老師一生樹立的學術典範與鉅
大貢獻。其受人愛戴、懷念之深，實溢於此。

　　　　　　　　　初刊於2015年7月，2017年8月修訂。

長者之愛：
追憶余國藩院士

余國藩（Anthony C. Yu, 1938–2015）教授於後輩學者常表現出長者之愛，我便是其中的一位受益者。

多年前，從余英時老師口中，初次獲悉他的大名。英時師對他的西方學問推崇備致，又對他的《西遊記》英譯讚不絕口。由於罕見英時師如此稱譽一位學者，所以我對「余國藩」這三個字，便留下極深刻的印象。英時師和他雖屬同姓，並無同宗之誼；但兩老相知相得，情同手足。

記得英時師舉了一段譯文為例，居中涉及佛教、道教的專業知識，並非一般譯者可以勝任；而余國藩教授譯得不僅鞭辟入裏，而且生動傳神。如果我記得

不錯，當時英時師亟想羅致余國藩教授到哈佛大學任教，但因芝加哥大學強烈慰留，終未成行。

余國藩教授在西方學界素以博學著稱，問學橫跨中、西。雖然他在華文學界同樣享有盛名，但其學問的規模，卻絕非「漢學」一域可以範圍。他在芝大同時受聘於五個不同學系：神學院、比較文學系、英文系、東亞系、社會思想委員會（Committee on Social Thought），蓋屬絕無僅有，而為友朋所津津樂道，足示他治學規模的寬廣與宏遠，非一般專家學者可以比擬。

之後，肇自文字因緣，我有幸結識余國藩教授。起自1990年代，我開始發表一連串探討孔廟文化的論文；並從原先只析論孔廟與士人、統治者的關係，逐漸向宗教文化的領域延伸。原本為宗教史大家的余教授，極其敏銳地注意到我的研究動向。而我則間接從英時師口中，得知他對我這些研究的肯定。2005年，他在英文著作《中國的國家與宗教：歷史與文本的角度》（*State and Religion in China: Historical and Textual*

Perspectives）一書裏，對我的研究褒揚有加，實乃對後生小輩的溢美之詞耳。

其實，余教授之所以對拙作深感興趣，與上世紀著名的神學和宗教史家伊里亞德（Mircea Eliade, 1907–1986）有關。余教授曾上過伊氏的課，他猶記得伊氏於探討「宗教」的本質，曾特別關注神聖的空間、時間、神話等構成因素，而受到學界的注目。顯然，孔廟便是儒教的聖域，但我研究孔廟純出偶然，與伊里亞德的學說並無關聯。可是伊氏的言說，卻無意中變成余教授與我之間的心靈橋樑。

有遭一回，我因俗名之累感到沮喪。從未謀面的余教授得知，竟從遠方捎來長箋，以親身的經歷與我共勉，令我既感意外，復又提振心神。

雖然，我與余教授通過現代飛鴻（電郵）而來往熱絡，但說起來日後也僅有一面之緣。2007年，他應中央研究院的邀約，到院發表了震聾發聵的演講：「人文學科何以不是科學？——從比較的角度自亞里士多

德的觀點談起」("Why the Humanities Are Not Science: Thinking Comparatively from Aristotle")。他由古今中外知識分類的演變，重申人文學的基本立場。從亞里士多德的視角加以鋪陳，正本清源，精闢絕倫，充分顯現出他對西方人文學傳統的掌握。後來余教授將這次英文演講添寫成論文刊行，更受到學界的重視。余教授之所以把這篇論文獻給曾在芝大共事過的法國哲學家——里科教授（Paul Ricœur, 1913–2005），蓋兩人的學問同調耳。

　　趁著此番演講之便，我與內人約了余教授前往著名的吉品餐廳用餐，在去程車上領教了他高超的音樂素養。當時車裏正播放巴哈的「英國組曲」（The English Suites），不出20秒，余教授便明白指出演奏者乃加拿大的格倫・古爾德（Glenn H. Gould, 1932–1982）。他的人文品味，實與從小家庭的養成教育有關。（日後，我方才得知他偶爾還會替芝加哥的報紙撰寫樂評呢！）不意間，我們又發覺余教授乃品味甚高的老饕

（gourmet），渠自詡除了會品嘗食物，廚藝亦不落於人
後，還邀我有朝一日造訪芝加哥，他可下廚大顯身手
（法餐）。席間，我們交談各國餐點的優劣，並以思想
上的西學佐餐，融精神與物質於一爐，喜樂融融，相
見恨晚，該夜似乎有談不盡的話題。

　　往後，我每有草作，輒呈請過目，亟求他的指
正。余教授則有求必應，不吝予以回應，讓我受益匪
淺。於我而言，余教授不啻為亦師亦友的忘年之交。
偶逢年節，我便寄去台灣名品——凍頂烏龍，聊表心
意。余教授總是客氣地來函讚不絕口，仔細描述其中
韻味。直到去年，他突然發來電郵，謂由於罹患心
疾，醫生囑咐他不能飲茶，要我就此打住。接續的電
郵，便告知病痛與禁忌，我在萬里之外，束手無策，
委實替他掛心。不意稍前，有一要事必須向他稟報，
卻久久未獲回覆，心中暗覺不妙。不些時，便傳來他
的噩耗，令人錯愕，感傷難已。

　　在余教授辭世之前，有兩件事讓我異常感動，值

得提筆一書。其一，他時時以高足——李奭學兄——
的學術發展為念。曾經在電話裏，反覆跟我叮嚀。其
實，奭學兄嫺熟明清之際中、西文化的交流，他的學
問我早已有所領略，並不用余教授特別交代。奭學兄
精通數種西語，他研究明清時期的翻譯文類，用力頗
深，此乃獨門之學，而為他人所難企及。個人在學術
上凡遇西文（如拉丁文）的問題，便隨時致電請益，立
獲解答。

　　另一則是：去年，他選擇了和芝大同事——知名
的人類學家沙林（Marshall Sahlins, 1930– ）並肩作戰，
同聲反對芝大設立孔子學院，唯恐後者有以政治干預
學術獨立之虞。那段時間每每上班，輒收到電郵，我
一一拜讀他們的理據。兩老維護學術獨立的堅定決心
與作為，令人感佩萬分。

　　去年，我應北京大學中文系陳平原教授之邀，從
事「儒教聖域」的編選，由於這個議題向為余國藩教授
所厚愛，因此我斗膽以這本選集奉獻給他，藉以表達

對他的懷念，並感謝他對個人研究孔廟一路走來的鼓
勵和支持。近年，他尤其不厭其煩、再三催促我動手
撰寫一本英文專著，綜合之前探討孔廟的心得，俾與
西方宗教史家直接對話。余教授認為我聚焦宗教「神
聖空間」的手法別有特色，容與西方比較宗教學界互相
參照。但個人因另有其他研究課題刻在進行，分身乏
術，一時只有辜負他的好意。唯一稍可補償的是，個
人攸關孔廟的研究不久將有兩大冊日譯本刊行，容可
回報他的厚望。至於撰述英文專著一事，則猶待來日
的努力了，盼時時以此鞭策自己。[1]

初刊於 2015 年 9 月，2019 年 8 月增訂。

1　近日已完成《儒教的聖域》(*Confucianism and Sacred Space*) 的英譯，交
　與美國哥倫比亞大學出版社處理。

本土人類學的先驅：
懷念李亦園老師

　　甫進台大歷史系，頭一年必須修習「人類學導論」，該門課係由人類學系的先生輪流就各專題做講演；居中李亦園（1931–2017）老師的授課，最為生動有趣，讓我留下深刻的印象。由於考試成績出乎意外的好，曾姓助教還來問我是否要轉系，可是因為和歷史系諸位同學已經有了不解之緣，只好決定留在本系。但受此鼓勵，之後又去旁聽了李老師的「原始宗教」、「人類學方法論」，受益更多。即使到哈佛進修，也一直保持這方面的興趣，常到人類學系旁聽課。日後，我會特別關心儒教的宗教面相，恐怕其來有故。

　　要之，1970、1980年代，李老師風華正盛，與楊

國樞（1932–2018）幾位教授戮力行為科學本土化，厥功至偉。合著的《中國人的性格》成為見證時代的學術著作，廣受好評，學生幾至人手一冊。李老師遂因緣際會成為本土人類學的代表人物，備受推崇。其實李老師治學十分開闊，舉凡南島原住民、漢人社會和海外華僑均有所著墨，真是名副其實「中外兼修」的博雅學者。

　　由於李亦園老師兼備學問與行政之長，聲名在外，1984年，遂受命籌設新竹清華大學「人文社會科學院」，出任創院院長。後來「歷史研究所」因人事的紛擾，所長懸缺；有天他竟出面力邀資歷甚淺的我擔任所長，委實讓我受寵若驚了。但我慮及剛返國不久，人生地不熟，諸事未備，也就婉拒了他的好意。李老師難免些微失望，但仍囑咐我留在歷史所兼課。再有機會和他接觸是很久以後的事情了。

　　李老師是位美食家。1989年，「蔣經國國際學術交流基金會」成立，他復受邀擔任首屆執行長；辦公室位於敦化南路，午間休息，他喜歡自己在附近閒逛，

找個小館子，打牙祭。有次，內人和我剛好路過，巧
遇李老師，便拉去一齊用餐，言談之間，備極關懷。
其實，李老師一貫對待學生和晚輩十分呵護，就是如
此。據告，臨終前數日，有幾位老學生去看他，還一
再叮嚀著要家人掏錢，請學生去用餐。以我個人為
例，老師往生之後，有天前去探望師母。師母隨手取
來一個預置的牛皮紙袋，內放有一方極精緻的瓷製硯
台，謂李老師想留給我作為紀念，頓時百感交集心茫
然，蓋老師不知不文的我乃是書法的門外漢！

　　眾所周知，李老師為台灣人類學界育才無數。此
外，我總覺得李老師對史語所「情有獨鍾」，也先後
提攜了不少歷史同仁（例如邢義田、王汎森、王明珂
等）。首先，史語所的創辦人──傅斯年（1896–1950）
先生恰是他就讀台大時的校長，對李老師愛護有加，
因為李老師當時患有肺病，傅校長特別替他每餐加個
雞蛋，這在那個兵荒馬亂、物質極度匱乏的時代，不
可不謂惜才之舉。而李老師又曾在歷史系念了兩年，

方才轉至始創立的考古人類學系就讀。或許這些緣
故，令他始終關注史語所的發展，每每交談，即詢問
史語所上上下下的狀況。

　　有件事容值一提：有天夜深幾許（記得將近十
點），李老師突來電寒舍，邀我去他家，謂有要事相
商；讓身為小輩的我，甚感意外。原來李遠哲院長有
意延攬他出任中研院人文副院長。當時李老師身兼
蔣經國基金會執行長，忙於建樹，取捨之間，頗感為
難。我雖然建議老師予以接受，到中研院一展長才，
但他顧慮立法院問政的生態，終究未能應允。不免影
響了中研院人文領域未來的走向。

　　就私人而言，我之當選院士，李老師鼓勵最多。
因為自己深怕落得古人所謂「困於場屋」的衰事，有點
怯場；但禁不住李老師再三的勸勉和舉薦，最終不負
老師的期望，勉強忝列其間。之間，卻發生了一樁頗
為尷尬之事：2006 年，李老師估計我應會膺選院士，
遂將數代相傳的《國立中央研究院院士錄（第一輯）》事

梁思永先生親筆簽名

李亦園老師相贈的《國立中央研究院院士錄（第一輯）》

先題了字，作為慶賀。不料，我又落選了。但是他老人家還是把我找到家裏，將那本原為名考古學家梁思永（1904–1954）先生所傳承的《院士錄》送給我，以為打氣。我卻因禍得福，獲此至寶。

因我自幼體弱多病，醫療之事，不得已略知一二。李老師晚年稍有病痛，即電傳我諮詢，尤其受封「首席醫療顧問」之後，過從更密。後來李老師因心臟病之故，動了大刀，甚傷元氣，精神亦大不如前。視茫耳聾，備受煎熬。眼看他飽受身體衰微之痛，心裏也暗自難過。每回下班無事，即順道前去探望，李老師始則唉聲嘆氣，惟一旦話及陳年往事、學術佳作，則神采奕奕，幾乎忘記病痛一事。我則成為他最忠實的聽眾。

居間，他與前輩費孝通（1910–2005）先生晚年相知相惜的情誼，是我最喜歡傾聽的際遇。緣於費先生於文革時期，對外面人類學的發展較為隔閡，李老師的學思經歷恰好補上這個缺塊。

《懷念李亦園院士》書影

　　但不可諱言，李老師為台灣人類學的發展確實憂心忡忡，亟怕青黃不接，後繼無人。又，當今人類學的走向，講究的是「反思」，對「田野工作」的基本功反而看輕了。李老師對此一流弊，感慨再三。因此，但願李老師一生心之所繫的民族所，得結合兩者之長，有朝一日，再攀學術巔峰。

初刊於 2017 年 6 月，2019 年 7 月增訂。

第二部分

同門好友

書成之後，
趕緊和杜兄報告已超英趕美了，
但杜贊奇冷冷地回答：

「『後現代』已被超越，不再流行了！」

杜贊奇，我的同學！

　　某次在大陸高校演講，言及二十世紀晚期人文及社會科學歷史意識的再興，有位研究生突然舉手提問：如何評定杜贊奇？我逕自回答：「他是我的同學！」

　　在哈佛讀書的時候，我最密切的學侶便是杜贊奇（Prasenjit Duara, 1950–），常常抬槓，東西南北無所不談；但同甘不共苦。他深受業師孔飛力（Philip Kuhn, 1933–2016）教授的喜愛，我卻是不夠格的學生。

　　杜贊奇和我雖是同窗，但並不同門。我的老師是史華慈，乃是比較思想史的名家；而孔飛力教授則以研究中國近代社會史著名。以今日回溯看來，杜贊奇實屬他最出色的弟子，在學界南征北戰，屢見奇功。例如，他畢業後在一個小人文學院教書，不數年旋即

轉至中部學術重鎮芝加哥大學任教。之後，又被新加
坡國立大學禮聘，出任人文及社會科學的總策劃，備
受重用。

　　學業上，我和杜贊奇經常互助彼此語言的需要：
他費心改了我博士論文的英文，而我遂對「中國農村慣
行調查」略有所悉。除此之外，杜贊奇和我治學迥然不
同調。平日，我心儀英、美的分析哲學（哈佛乃執分析
哲學牛耳），故喜歡往哲學系跑。他因隨孔教授從芝加
哥大學轉學過來，已經學有根底。雖然我們兩人都喜
歡人類學、社會學，卻是兩條沒有交集的平行線。我
念的是當時正統派的社會科學，他涉獵的卻是明日新
興的異端之學，例如福柯、哈貝馬斯（Jürgen Habermas,
1929– ）、布爾迪厄（Pierre Bourdieu, 1930–2002）等。他
不時誠懇地勸我要識時務，我卻執一不遷，負隅頑
抗。後來的發展，果然證明杜贊奇的觀點是正確的。
1980年之後，這些名家的理論便以驚濤駭浪之姿，淹
沒了史學的園地。

　　有回，他已到芝加哥大學任教，邀我前去講演。
事後還刻意帶我去逛芝大書店，指著「後殖民理論」
（postcolonialism）霍米‧巴巴（Homi K. Bhabha, 1949–）
的書，要我多加留意。可惜後來我都沒跟上這些潮
流，以致研究相對的古板、落伍。

　　在哈佛念書時，因杜贊奇，我復結識了包筠雅
（Cynthia Brokaw），她待人熱誠且和善。偶爾我們三個
人一起聊天、論學、煮東西吃（杜贊奇善煮咖喱）。包
筠雅從博士論文改寫成書的《功過格：明清社會的道德
秩序》（*The Ledgers of Merit and Demerit: Social Change and
Moral Order in Late Imperial China*, 1991）一書，乃是繼
日本學者酒井忠夫（1912–2010）之後的力作，甚受好
評，而後她又致力中國書籍和印刷史的開發，遂成為
此一領域的開路先鋒；絕非西方「單書教授」（one book
professor）可以比擬。

　　談到以博士論文改寫成書揚名的，杜贊奇的《文
化、權力與國家：1900–1942年的華北農村》（*Culture,*

Power, and the State: Rural North China, 1900–1942, 1988)，
絕對值得大書特書。他初試啼聲，即一鳴驚人。不僅
獲得美國歷史學會的「費正清獎」(John Fairbank Prize,
1989)，而且獲頒亞洲研究協會「列文森獎」(Joseph
Levenson Prize, 1990)。近史所有位同事甚至把他的「文
化網絡」(cultural nexus)一詞，時刻朗朗上口，其受歡
迎可見一斑。

　　以學術的「場域」(布爾迪厄的專用術語)視之，杜
贊奇雖功成名就，卻屢次企圖回歸哈佛母校，功虧一
簣。淺見所及，乃是「常春藤聯盟」(Ivy League)的史學
傾向經驗、實證的探討所致。即使他的業師孔飛力也
只言及韋伯(Max Weber, 1864–1920)而止，不至逾越雷
池半步；而杜贊奇所擅長的概念思辨的進路，卻不見
得能全盤兜售。職是之故，他的聲名在美國社會科學
界恐怕遠盛於中國史學圈內。所以他能在芝大大放異
彩，和今日受杜克大學(Duke University，有人謂之南
部「哈佛」)的延攬重用，蓋可理解，皆因此二名校均
以概念解析取勝。

　　1995年，他的第二本書《從民族國家拯救歷史：民族主義話語與中國現代史研究》(*Rescuing History from the Nation: Questioning Narratives of Modern China*, 1995)，乃受安德森(Benedict Anderson, 1936–2015)《想像的共同體：民族主義的起源與散布》(*Imagined Communities: Reflections on the Origin and Spread of Nationalism*, 1983) 的啟示，擬將史學從民族主義解放出來，又異常叫座，在華文學界尤其流行。而後，為了研究「滿洲國」，杜贊奇還特別來台灣訪問王德威兄的母親——姜允中女士。按，姜女士來台後，一手苦心發揚山東王善人始創的「萬國道德總會」，成績斐然，有目共睹。

　　之後，他的研究就非「中國史」可以藩籬了。他到新加坡國立大學之後，眼界愈形開闊，從中國放大至全亞洲，學術議題也擴充至全球化、環境史了。他治學茍日新，日日新，仿若明代大儒王陽明(1472–1529)問學凡四變。況之，其代表作大多已有中文譯本，是故在華文學圈，尤其在近代史領域亦佔有一席之地了！

　　居間，我也曾經受其感召，力圖振作，跟上時潮；遂挪「前現代」的手法治理「後現代」的事業。花了近三年一本一本啃過福柯這批先知的文本，去探究「後現代主義」對史學實踐的衝擊。書成之後，趕緊和杜兄報告已超英趕美了，但杜贊奇冷冷地回答：「『後現代』已被超越，不再流行了！」令我頓時墜入萬里深淵，為之氣餒不已，蓋有「乃覺一個世代」之嘆！

　　除上述之外，我還有三事惹得杜贊奇不悅：其一，之前，他一有大著問世，便會惠賜我一冊，分享成果。可是由於他聲名大噪，他的書一旦被學生或同仁借去，經常長去不還。有朝一日，他補上複本，上面竟寫著：「下不為例！」（Second time—no more）。其二，有回，約他一起共進午餐，由於年紀大，一時失憶，自己搭了高鐵，跑去南部演講。在車上接了他氣呼呼的電話，竟然放他鴿子！最後，2012 年中央研究院舉辦的「國際漢學會議」，晚宴竟然忘記備酒，他頗

不以為然；宴席之後，他遂偕幾位洋學者出去二次會喝酒，酩酊方歸。說來實在禮數欠周，萬分愧疚。

杜贊奇熱愛他所來自的故鄉——印度，每語及則憂心忡忡，熱淚盈眶；謂以家鄉社會的複雜和族群分裂，定不如中國大陸易於崛起。此乃發自上一世紀80年代的觀察，衡諸近況，確是有先見之明。

近日，有友朋參加今年（2018）的亞洲研究協會（Association for Asian Studies），捎來訊息，杜贊奇當選該會副會長（2019年則真除會長！），委實為他高興，與有榮焉！要言之，中國史的研究僅是亞洲研究的一部分，更多的是其他地域，和不同學科，甚至時下所流行跨地域、跨學科的探討，因此杜贊奇能夠脫穎而出，當選亞洲研究協會的副會長及會長，委實不易。這對他無疑是遲來、極大的肯定和榮譽。未嘗不是「失之桑榆，收之東榆」。

2019初夏，杜贊奇應中央研究院之邀，前來擔任「人文社會科學講座」。老友重逢，冰釋前嫌，直話家

杜贊奇參觀唐獎教育基金會（攝於2019年7月11日）

常，往事歷歷，不勝唏噓，蓋世事難料，轉眼間他已
成國際知名的大學者了。

初刊於2018年5月，2019年7月增訂。

坐擁五個書桌的學者：
孫康宜

　　有回受邀去耶魯大學講演，事畢，東道主孫康宜
教授很熱情地邀我前去她家閒坐。驅車半小時，穿過
蔥綠的小森林，進屋後，印象最深刻的是，屋內擺設
全環繞著學術著想，孫教授居然擁有五個書桌之多，
上面擺滿了各形各色的文集、論文、工具書；仿若知
識產出的小工廠。我遂好奇地問她，何以需要如此大
費周章？她回答道：「我習慣將每一個進行中的課題，
分別放在一個桌子，井然有序，不致混雜！」聞之，不
禁啞然失笑。

　　初次見到孫康宜教授是在1991年，她為出版中譯
本的《陳子龍柳如是詩詞情緣》（1992），特意拜訪台北

允晨文化事業公司；她誤將久候大駕的我，認作出版
社的經理人，從此結下學術良緣。

　　上述的作品之外，康宜另有兩本著作和該出版社
有所關聯：其一為《耶魯潛學集》（1994），乃是康宜執
教耶魯的記趣。作者在序中謙稱該書乃因拙作《哈佛瑣
記》所激發。惟拙作純從一個學生回憶所見所聞，與康
宜作為教師的高度，自然層次有別，高下立判。

　　繼之，2003年康宜又出版了《走出白色恐怖》一
書，風行兩岸，後來又出了英譯本。這本書中有兩個
記述讓我心弦顫動。首先，是舊人的故事。原來康
宜的父親──孫裕光先生和台灣名作家張我軍素為好
友，1940年代同在北大任教，在北京生活，後來才一
起搭船回到台灣。無獨有偶，他們的後代都歷經政治
的迫害。張我軍的兒子正是張光直（1931–2001）院士，
就讀中學時曾因思想問題受到監禁。赴美學成後，長
期滯美任教哈佛與耶魯。當時大陸學術封閉，張先生
遂成中國考古學在外的代言人。他的名作《中國考古

學》(*The Archaeology of Ancient China*, 1963)，享譽西方世界數十年，不斷修訂再版。但他夢想回大陸，進行實地的考古挖掘，究竟難以成事。張氏後來曾回台灣出任中研院副院長，負責人文社會科學領域，頗思有所作為，無奈體力不支，壯志未酬。

《走出白色恐怖》一書的主題，當然攸關康宜所親身經歷的1950年代台灣的白色恐怖。它所遺留康宜心靈的創傷難以估量，甚至一度讓她無法言說國語，必得重新學習，方才恢復。更令人感動的是，秩齡的康宜(年僅六歲)如何與特務頭子周旋到底，眼見壞人要把父親帶走，竟連母親也不放過，情急之下，她拾起一把掃帚，奮不顧身地上前去打那位頭頭。這位特務見稚子康宜其情可憫，遂放過她媽媽。而事隔多年，這個老病纏身的特務，竟然厚顏無恥地致函旅美在外的康宜，乞求援助，康宜以德報怨，委實為難。

《走出白色恐怖》一書的了不起，是康宜如何超越、克服內心的創傷，終於走出一條康莊大道，成就

了自己，也成就了別人。這本書毫無疑問是一本絕佳的勵志故事。

在學術上，中國古典文學，尤其是詩詞為康宜專業耕耘的領域。她原是外文系出身，婚後，隨其先生四處遊學，轉益多師，最後到普林斯頓大學從高友工等名家治學，遂踏入中國古典文學的領域。取得博士學位之後，不久即任教耶魯。康宜擅長以比較文學的觀點，對傳統詩詞，從事別樹一格的闡釋，所得結論，經常清新可喜。後來她的研究下抵明清之際，而析論則有濃郁的歷史意識，前述《陳子龍柳如是詩詞情緣》一書便是其代表作。康宜為學勤奮，興趣廣泛，加上組織能力極強，和同仁合作編譯數本甚受歡迎的讀本，包括《中國歷代女作家選集：詩歌與評論》（*Women Writers of Traditional China: An Anthology of Poetry and Criticism*, 1999）等等。簡言之，她積學既久，久而有功，終成一家之言，於西方漢學界備受推崇。

職是之故，2004年劍橋大學出版社便找上她負責

編纂《劍橋中國文學史》(*The Cambridge History of Chinese Literature*)，並不意外。按，「劍橋史」乃是西方極受看重的系列，主其事者恆是名重一時的方家。康宜能夠入列，委實為極大的光榮。然而她復謙沖為懷，邀了哈佛的宇文所安(Stephen Owen, 1946–)攜手合作；2010年大功告成，嘉惠士林，允為一大盛事。

在她許多著作之中，出人意表而吸睛的是：《「曲人鴻爪」本事》(2010)、《古色今香：張充和題字選集》(2010)兩冊。表面上似乎和她一貫純文學的關懷不太搭調，但倘若了解作者在小時候，曾經得過書法競賽第一名、擔任樂隊指揮的才能，則知其來有自。

2013年我邀請她來史語所演講，她分析了一位老學者施蟄存(1905–2003)的舊詩，有趣而到位。康宜和施老本為忘年之交的長期筆友，是故娓娓道來，格外親切。而我個人因探究孔廟塑像，讀過施老的《水經注碑錄》，佩服有加。參加這個講座之後，又多認識施老作為詩人的面相。按，今人多言新體詩、現代詩，談

舊詩，則仿若寒山寺的鐘聲，悠揚而回味無窮，故吸引不少他所同仁，前來聆聽。今年5月她為學術評審之事返台，書局趁機辦了康宜文集新書發表會，門生故舊群聚一堂，喜氣洋洋，樂不可支。

　　2015年，她在同輩華裔學人中，先馳得點獲選「美國文理科學院」（American Academy of Arts and Sciences）的院士；2016年，中央研究院立即錦上添花追贈院士榮銜，康宜遂功成名就變成「雙科院士」。概言之，康宜自小迄今，不畏苦難，勇往直前，其發光發熱、升華學問的事蹟，確值吾人再三致意。

初刊於2018年6月。

眞假聖人：
側寫王德威

　　小説有「眞假公主」，學界則有「眞假聖人」。儒學界自鳴為「聖人」者不在少數，但文學界卻出了一個眞聖人。王德威兄便是屬於如假包換的後者。

　　最初認識王德威，乃是拜讀他所迻譯福柯（Michel Foucault, 1926–1984）《知識的考掘》（*L'Archéologie du Savoir*, 1969）的導論。該文鈎玄稽要，析理清楚，允為掌握該書論旨的能鑰，讀者受用無窮。而後，又經同事李孝悌教授引薦，遂一見如故，東南西北，無所不談。我對他印象最深刻便是他罕與倫比的話語之術，不止唱作俱佳，內容且引人入勝。近年，因史語所之故，屢次與其合作「歷史文化研習營」，其講演不啻

為訓練營的最亮點，吸引兩岸三地的學子不辭遠道而來，盼一睹大師風采，春風化雨。

　　有回王德威應耶魯大學邀請，擔任首屆「德富講座」（2002），談到明清仕女塗抹胭脂的細膩之處，其用詞遣字連以英文書寫見長的名史學家史景遷都讚不絕口。當時我恰好躬逢盛會，有幸見證他舌燦蓮花的本領。

　　其實，就英文、中文的講演，德威確是個人所見的絕品，其講演一氣呵成，宛如一篇渾然天成的絕妙好辭。要知，他的英文講演早已享譽國際漢學圈；但有回我主持他在大陸的文史研習營，發現他的中文演講尤有過之。彈唱之際，聽眾彷彿身歷其境，如醉如癡。我本以為他演說乃是即興而發的急就章，日後，方才得知他常為準備，熬到深夜，其敬業精神委實令人感佩。

　　德威原以精研明清到現代的中國小說，飲譽學界。他的治學風格善取新穎的文學批評，結合歷史的

向度，融古今、新舊為一爐，故能取得不同凡響的成果。近年，他更在時空坐標作雙向推移。時間上，則將研究觸角向上延伸至古典戲曲；空間上，則跨越創作的地域，拓展至整體華語運用的地區。

晚近他成為倡導「華語語系」（sinophone）的急先鋒，亟圖擴充中文創作與關注的領域，卻遭受左右、統獨莫名的攻擊。其實，過度的政治解讀，對文學的發展並非好事，究竟文化歸文化，政治歸政治，方是良策。德威為了推廣華語文學，始終戮力策劃、組織中文的外譯；「工作狂」（workaholic）乃是他不二的標幟。長久以來，他所推動與哥倫比亞大學出版社（Columbia University Press）合作的譯叢系列，便是一例。近年復與日本友人推動台灣學術作品的日譯，亦甚受好評。他對中文影響力的國際化工作，誠功不可沒。每回有空，他便不辭辛勞，萬里迢迢飛回東亞貢獻所學，因此極為兩岸三地莘莘學子所愛戴。此外，他復風塵僕僕飛遍全球名校，四處從事學術宣講，旁

人認為疲於奔命，他卻當作份內之事，甘之如飴；德威蓋屬於「坐而言，不如起而行」的實踐家。借用理學家王陽明慣用的術語，他乃是「知行合一」的忠實信徒。

德威在學術上的發展，基本上是個勵志的故事。他並非出身頂尖名校，從威斯康辛州返台，經過一番波折，三年後又攻回哈佛。他之受知於前輩夏志清（1921–2013）教授，乃人所皆知的學界美事。哈佛素有外放年輕學者的慣例，職是之故，夏老甫一退休，即力薦德威到哥大接替他的講席，後來德威果然不負夏老的期望，青出於藍，為哥大東亞系建樹甚多。但最後，他終究還是榮歸哈佛，出任講座教授，那是後話了。

必須一提地，德威兄的學術創作，肌理兼具，勝義迭出；每有抉發，立即風起雲湧，為眾人奉為圭臬。諸如：他發掘出晚清小說裏「被壓抑的現代性」、重燃「文學抒情傳統」的火花、揭露「後遺民寫作」的現象，以及記憶錯置的「歷史與怪獸」；各個議題均能別

出心裁，收放自如；加上其行文乃是話語之術的另一具現，故讀者自是皆有醒發，追隨者眾。

德威不只己立且立人，處處熱心眾人之事，恐與其母親的身教有關。他母親姜允中女士一向與人為善，在台發揚原是東北王善人所創辦的「萬國道德總會」，一生獻身公益活動，本著「老吾老以及人之老，幼吾幼以及人之幼」的精神，創辦幼稚園、勸善會、老人大學，均成績卓著，聲譽斐然。早先因德威的安排，有幸得拜見她。有次姜女士不知何故，突然徵召我入會，但因自忖個人修養只是一般，恐未能做到己未度而度人，遂予以推辭。不料姜女士竟勉勵：「一旦加入道德會，倫理水平即可急速驟升至九十八分，毋庸掛心。」令我進退失據、苦笑不得。

按，聖人乃是傳統儒家的高標，必須符合古人所謂「立言」、「立功」、「立德」三不朽的要求。朋友之間，因德威素來學業出眾，復急公好義，敬業如一，故常戲稱他為「聖人」。若以「三不朽」評量德威，「立

言」、「立功」，則庶幾得之。「立德」則仍需向姜女士看齊，再加一把勁，方能做到純度百分之百的「今之古人」，友朋有厚望焉！(果若王陽明「成色分兩說」言之成理，聖人一如純金，無涉輕重、大小，那德威雖被友人戲稱為學界的聖人，卻也當之無愧18K金的聖人！)

初刊於 2018 年 1 月。

遇見「姚晨」

　　葛兆光教授無疑是當代中國學人中，在海外漢學享有極高聲望的指標性學者。2012年9月，我受他之邀，擔任復旦大學「人文傑出學者講座」，因慕他之名，故備感榮幸。

　　行前，為了不讓邀請者失望，做了較周全的準備。夕陽西下，即興沖沖漫步校區，找尋講堂所在。途中，突有一位高挺俊拔的年輕人，趨前要我簽名，令我甚感納悶。其一，我從未到過復旦；其二，自度非知名人物，竟還有人找簽名；我不禁問他，確認要我簽名嗎？對方答：「是！」也就不加細問了。

　　到了國際演講廳，四周旌旗滿佈，路燈昏黃，也不知上頭寫了什麼，人頭騷動，約有千人之譜，前面

有校警管制，不得隨便進出。滿腹狐疑，不知究竟？由於時間趨近，只好擠到前頭，與校警說明，區區乃是受邀講者，遂得通過。

進去之後，方發現這一大樓底層，有一大廳、一小廳，出入之門恰遙遙相對。當日我的講演安排在容納百人左右的小廳，大廳則頗具規模，度可容下千人之眾。突見葛教授匆匆前來致歉，謂今夜因突有公事，需陪校長接待貴賓，不能參加我的演講，但已備有替代方案。女工友領我去休息室用茶稍憩，探眼對面的大廳，因管制之故，尚空無一人，但前方預留了兩排貴賓席。秘書告訴我今夜不巧，學生會適邀了著名的「姚晨」來座談，恐怕聽眾多被吸引去了。我方才醒悟，佇立在外的群眾和旗海全是為伊而設！

反觀小廳門可羅雀，因此起了念頭可否取消演講，也和大家作夥去見識「姚晨」究竟。雖然自己講演真正開始，也勉強湊合了半數不到的聽眾。當賣力演講之際，講堂驟然前、後門大開，湧入不少群眾，瞬

時座無虛席，且擠滿走道。我雖感訝異，但仍故作鎮定，從容講畢。事後不禁問了一位聽眾，原來姚晨只來揮手致意，講沒幾句，隨即驅車離去。令這些聽眾頓感錯愕，一時不知所措，只得前往對面講堂一窺究竟。小講堂遂因禍得福，獲得聽眾滿場挹注。

次日，葛院長邀宴，致歉連連，為不意把我的講演和「姚晨」排在同一時間又擺在一處，彷彿巨人和侏儒打擂台，勝負立決。原不知「姚晨」為何許人也？這時方才明瞭她在大陸魅力無可比，網路上的粉絲據說有數千萬之眾，台灣大概只有林志玲差可比擬。我遂將昨夜驚心動魄的故事述說一遍。在座的中文系先生，恰可為我作證，彼此方才釋懷。

又趁講座之暇，兆光兄與戴燕教授特別陪我們搭火車，前去偏遠的衢州，造訪心儀已久的「南孔」；迄今印象深刻，時有所思。

兆光兄不只學識博雅過人，行政能力特佳，並且善於連結國際學術的多邊交流，一度促成東大（東京大

學）、普大（普林斯頓大學）、復旦的人文三角聯盟，作育人才無數。2013年6月，個人以史語所負責人，受邀前去參加「文史研究院成立六週年紀念會」，從楊玉良校長大會的致詞，方獲悉該院的設立乃取法民初清華大學的「國學研究院」（1925）與中央研究院歷史語言研究所（1928）。按，「國學院」全靠「四大導師」（梁啟超、王國維、陳寅恪、趙元任）撐起場面，但人物凋零，為時有限；而「史語所」卻是現代學術制度化的範例，學風明確，雖屢經戰亂顛沛流離，卻始終不絕如縷，屹立迄今。論影響，遠逾前者。

　　輪到個人致詞，我坦承，每番收到《復旦大學文史研究院學術通訊》，總是心驚膽跳，立即展卷速讀，蓋「文史研究院」在兆光兄領導之下，有聲有色，瞬間崛起，頗受學界矚目。故需知己知彼，擷長補短，古之謂「學戰」也。緣此，我刻意建議楊校長，少給名額、少給資源給文史研究院，俾便我方高枕無憂，一展長籌，弄得全堂哄然大笑，和樂融融。

　　2014年10月，兆光兄前來史語所擔任「傅斯年講座」。之前，他所刊行的「思想史通論」，綜合古今，銳見迭出，而專論《宅茲中國：重建有關「中國」的歷史論述》，則膾炙人口，影響中外。此番他的三回演講，再次展現他淵博的學識與融通中外議題的才華。前兩回，兆光兄的報告是佛教、道教在東亞的交流，選題別具用心，特取單一事件以呈現不同地域的互動和分歧，立意跳出過去一味只關注傳播與影響的窠臼。要知兆光兄對此二教浸潤已久，加上新材料、新觀點，自然是左右逢源，娓娓道來，一氣呵成。最後一講，則是他近年的看家本領：「從周邊看中國」，只能說手到擒來，得來全不費功夫。這三講均令人耳目一新，聽眾甚受啟發。

　　按，「傅斯年講座」乃是史語所最高的榮譽，受邀者均是人文學界成就斐然、名重一方的大學者。兆光兄曾因所方邀請函稱譽他係「國際」知名學者，受到耽擱，後來改稱他「世界」聞名的學者，方准放行，聞之

令人噴飯。事後，我告訴他，凡是擔任過此一講座，無不錦上添花，更上一層樓，我舉 2003 年斯波義信和 2017 年渡辺浩為例，返國即膺選日本最高的榮譽——學士院院士。可惜大陸並沒有人文院士榮銜，遂為之扼腕嘆息，感到無奈。

其實，甫自 2013 年史語所邀請他開始，兆光兄便屢得韓、日多項大獎。然先哲有云：「古之學者為己，今之學者為人。」且挪此語和兆光兄互相砥礪，立志當個「今之古人」。

未刊稿，2019 年 1 月改定。

沙漠的智者：
田浩教授

　　西方研究上古晚期基督教聖徒的起源，發現最初的原型係居處於沙漠的智者；田浩 (Hoyt Tillman, 1944–) 學長的學行，容可比擬。

　　田浩與我享有不折不扣的同門之誼。我們都曾是林毓生、余英時、史華慈教授的學生。

　　首先，林先生乃是田浩就讀維吉尼亞大學 (The University of Virginia) 碩士班時的指導教授，而我則是在林先生1974年返台，客座台大時的忠實聽眾。由於當時法規並不容許，因此林先生所授的課，並不算學分；但絲毫擋不住那些來自各校求知心切的學子，課堂上總擠上百來人，連夜晚的研討課也不下數十位，

學員個個士氣高昂。而這些聽課者不乏日後研究思想史的種子。究其實,林先生和余先生乃是台、港兩地思想史崛起的最重要的播種者。初起,經由林先生的授課,打開了該時頗為沉悶的人文氣氛,而有撥雲霧、見青天的感覺。

　　林先生出身學術名門。他的博士學位乃得自芝加哥大學的社會思想委員會。此處網羅全美首屈一指的學者,標榜跨領域攻堅的研究取向,號稱難讀,故別有特色。在課堂上,林先生不時地拋出他的業師,自由主義的經濟學大師——海耶克(Friedrich August von Hayek, 1899–1992)、以及海德格(Martin Heidegger, 1889–1976)的得意門生——政治哲學家阿倫特(Hannah Arendt, 1906–1975)、化學家兼知識論的怪傑——普蘭霓(Michael Polanyi, 1891–1976)、社會學的大師——休茲(Edward Shils, 1910–1995)等人的大名,光彩奪目,讓我們這些遠在異鄉不得親炙的求知者,佩服得五體投地,無以復加。

　　除此之外，林先生並引進韋伯、孔恩（Thomas Kuhn, 1922–1996）和伯林以及史華慈的論旨。課堂當下，眾人朝夕諷讀韋伯的〈政治作為一種志業〉（"Politics as a Vocation"）、〈學術作為一種志業〉（"Science as a Vocation"），以及伯林的〈自由的兩種概念〉（"Two Concepts of Liberty"）和〈刺蝟與狐狸〉（"The Hedgehog and the Fox"）諸文，人人牙牙學語，樂不可支；遂在台灣大學掀起一股弦歌不輟的景象。

　　當時的人文學界，緣有林毓生闡發諸觀念於前，復有余英時的史學實踐共鳴於後，遂譜成動人心弦的學術二重奏，而獲得極大的迴響。尤其孔恩《科學革命結構》（*The Structure of Scientific Revolutions*, 1962）裏所涵攝「範式」（paradigm）的核心概念，[1] 經由余英時先生在〈清代思想史的一個新解釋〉具體的操演，「尊德性」和

―――――――

1　孔恩以「範式」的轉移解釋了十七世紀的科學革命，影響了二十世紀下半葉西方的人文及社會科學。

「道問學」遂成為「範式」移轉，極具啟發性的示例，進
而深深影響了日後近二十年人文研究的方向。此外，
伯林的「刺蝟」(hedgehog) 和「狐狸」(fox) 的概念，原
本意在分析大文豪托爾斯泰 (Lev Nikolayevich Tolstoy,
1828–1910) 的思路，不意由余先生轉手用來彰顯清代
中期兩位標竿性的學者──戴震 (1724–1777) 與章學誠
(1738–1801) 涇渭分明的學風。之後，學界群起仿效，
中國思想史的領域頓成了野生動物園，一大群「刺蝟」
和「狐狸」跑來奔去，好不熱鬧。[2] 的確，70、80 年代，
大陸與台、港兩地相形隔閡，但林、余兩位先生確是
其時中國思想史最關鍵的開拓者。受此影響，我便下
定決心，負笈西方，追求真理。

---

2   伯林擷取希臘詩人的斷簡殘篇：「狐狸知道許多事情，但刺蝟只注意
     一件大事情。」倚之分類西方學者、作家和藝術家中存有的迥然有異
     的兩種風格。另見余英時，《論戴震與章學誠：清代中期學術思想史
     研究》(台北：華世出版社，1977)。

　　1977年，我前去哈佛報到，在哈佛燕京圖書館巧遇了田浩，一見如故，相談甚歡。他前一年甫獲博士學位，有幸前去亞歷桑那州立大學（Arizona State University）任教，恰巧重返母校短期進修。要知當時在美國人文學界謀職甚為艱難，連幾位日後成名的學者，在其時也多是流浪教師，而田浩一下子便找到任職的學校，算是幸運不過了。但是位於沙漠之際的該校，竟然留住田浩一輩子的教學生涯，則是始料未及的。他終成了沙漠的智者。

　　田浩的博士論文原是處理南宋非主流的儒者——陳亮（1143-1194），他謂之「功利型儒家」（Utilitarian Confucian）。但之後，他便把注意力重新移至朱熹（1130-1200）這位理學集大成者，甚至與其後裔結了不解之緣。有趣的是，在二十世紀陸王之學環伺之下，田浩的太老師——錢穆先生，晚年以《朱子新學案》孤鳴獨發，重振不絕之學；其業師余英時則以《朱熹的歷史世界：宋代士大夫政治文化的研究》名重於世。而田

浩本人則繼之以《朱熹的思維世界》風行兩岸，一系三
傑，洛閩之學，接踵而起，遂得重現光輝。

　　還記得90年代田浩曾挑起了一個小小的論戰。[3] 原
來「Neo-Confucianism」（新儒家）此一英文用詞，困擾
了不少專家學者。一般用它來指稱「宋明理學」，偶爾
也用來指涉民國的新儒家，恆相混用。惟田浩以研究
異端陳亮起家，他所見的宋明儒學遠較他人寬廣、多
元，因此他不滿意當時北美研究理學的巨擘——狄百
瑞（William Theodore de Bary, 1919–2017），專挪「Neo-
Confucianism」一詞來概括宋明儒學的全貌。是故，他
起而糾舉，發文聲討，卻引起了你來我往的論戰，可惜
狄百瑞只回了一、兩合，便置之不顧。因此《舊約聖經》
所描述的大衛（David）與歌利亞（Goliath）的決戰，在今
日學術界並未得複製。而田浩只能以卵擊石收場罷了。

3　此一論戰可參閱田浩和狄百瑞在《東西哲學》（*Philosophy East and West*）
　　1992–1994 年所發表的論文和回應。

田浩（左）與鄧廣銘先生（中）

　　對照北美漢學新潮的流風，田浩的治學不免顯得質樸少華，難以兜售。其實，以他所積累的學術成果，照理謀得頂尖大學的教職，並不為過，但他卻「回也，不改其樂」，依舊擇善固執，只能如曾國藩「屢敗屢戰」，而為知者所叫屈。但他的問學穩健紮實，不貶道以求售，頗類東方人理想的治學風範。在冥冥之中，上帝似又為他在東亞開了一扇大門，在異鄉受到甚大的賞識和掌聲。如前所述，他為學厚重踏實，中

文底子甚佳，極早便因發現陳亮的佚文，補充了《陳
亮集》，而為中國宋史大家鄧廣銘（1907–1998）慧眼
所識，並和其下一代鄧小南教授學術上過從甚密，允
為跨代情誼。又田浩的英文原著，均有中文繁體、簡
體譯本（間有韓文譯本），遂為東方學界所熟悉。蓋其
立論肯綮，不乏新意，復兼中、西學之長，故廣受邀
約，四處交流。田浩亦樂此不疲，有回聽他說，在上
海一區便有五間高校請他演講，由此可印證他宣道的
熱誠。

　　又甫回國，我緣受同學吳東昇之託，整理了他父
親吳火獅（1919–1986）先生的口述傳記，吳先生乃是
該時台灣本土重要的企業家。[4] 後來田浩承擔英譯，
並撰寫了長篇導言，不意卻促使他踏進「儒家倫理」和

4　拙作《半世紀的奮鬥：吳火獅先生口述傳記》（台北：允晨文化事
　　業公司，1988）；日譯本：《台灣の獅子》（東京：講談社，1992）；
　　英譯本：*Business as a Vocation: The Autobiography of Wu Ho-su*, trans. Hoyt
　　Tillman (Cambridge: Harvard University Press, 2002)。

「東亞經濟」的議題，並發表了不少這方面的論文，取得了這個議題的發言權，或許可視作他研究歷史上「功利型儒家」在當代關懷的賡續。究其實，田浩絕非是食古不化的書生。近年他戮力疏通中、西文化裏「正義」(justice)、「人權」(human rights)諸觀念，頗思有益於世道人心。

於私人情誼一方，1995年個人從美返台途中，受田浩之邀到沙漠之城──坦佩(Tempe)作客。田浩全程陪同我及家人前去參觀廢棄飛機的墳場、沙漠博物館。最精彩便是他不辭辛勞開了整天的車去大峽谷，大自然鬼斧神工，不得不讚嘆造化之奇。沿途車中，聊了家常私事，他說父親本為機械匠，為他學人文常不放心，擔心他會餓死。言談之間，父子彼此之間真情自然流露，讓我心有戚戚焉，十分感動。原來東、西方父子的情結，並無兩樣。他本身乃是虔誠的基督徒，加上儒學的濡化，待人謙和有禮，熱心助人，故為友人所稱道。此外，必須一提地，田浩作為師兄，

對我們這些小學弟，在學術發展的過程中，從不吝予
以鼓勵與協助。這點我想不少同門應知所言不虛，就
此不表了。

　　末了，田浩動輒以「鄉下佬」、「土包子」自我嘲
解，豈不知他信道彌堅的學行正應驗了《聖經》所預示
的：「先知」注定在家鄉受到誤解和輕視，在異鄉卻得
大發光彩。

初刊於 2018 年 8 月。

第三部分

國際學人

記得我也曾拋磚引玉，

提出他的門生史景遷的學術淵源，

應來自十九世紀麥考萊文史合一的傳統。

杜老嗤之以鼻回答：

「算了，黃博士，那是天賦！」

（"Come on! Dr. Huang, it is a gift!"）

與桑代爾教授一席談

　　6月初，偕同吳詠慧去參加學術交流基金會的晚宴，碰巧主辦單位安置我與邁可‧桑代爾（Michael Sandel, 1953–）教授比鄰而坐，喜出望外，竟有了一場智識的饗宴。據說經由大會的力邀，他才萬里迢迢前來擔任主題演講，當然是全場的聚光點。

　　桑代爾係哈佛大學法學院教授，正是當今紅透半邊天的政治哲學家。他的名課——「『正義』：一場思辨之旅」（"Justice: A Journey in Moral Reasoning"），充分展現蘇格拉底（Socrates, 公元前470–前399）辯證式的教學法，修課者動輒上千，座無虛席，歷時二十年而不衰，自是哈佛的文化一景。尤其經由網路教學的加持，從學院走入群眾，雖不至於家喻戶曉，但是絕對

稱得上明星級的人物。這由觀眾前赴後繼湧上索取簽名，便可得證。

　　大會為增添熱鬧的氣氛，特別安排了一團洋樂隊伴奏。作為背景音樂，曲目雖佳，但對我與桑代爾教授難得的交談，卻顯多餘；因為頗受干擾，不時要提高嗓音，交頭接耳。

　　據統計，哈佛的學生不出三分鐘，就會道出自己系出名門，我自然不能免俗。之前與桑代爾教授素不相識，因此揖讓而坐後，立向他供出自己1980年代也曾在哈佛進修過；該時恰巧也是初出茅廬的桑代爾，剛到哈佛任教通識課程的時候。雖說我們兩人在哈佛有數年的重疊，但其時兩個默默無名的小卒，究竟難有結識的機緣。但三十年後卻在異地他鄉，在一場盛宴中得以巧逢，也算是冥冥中有緣了。

　　桑代爾一望即知是位溫文爾雅，辯才無礙的學者。最初，我拜讀過他的成名作——《自由主義與正義的局限》（*Liberalism and the Limits of Justice*, 1982），

該書乃是改寫自其博士論文。他以批評羅爾斯 (John Rawls, 1921–2002) 的《正義論》(*A Theory of Justice*, 1971) 起家，我對他的論點始終半信半疑，可能源於我對羅爾斯無所保留的忠誠與景仰。但日後，我發現羅爾斯一再改寫其《正義論》，信心未免有所動搖，我遂提問桑代爾教授，是否因為他所主張的「社群主義」(Communitarianism) 的觀點，促使羅爾斯一再改寫其經典成作。桑代爾回答：「可能是這樣吧！」我又問他：「是否曾和羅爾斯當面陳述過你的觀點？說服了他？」桑代爾言道：「羅爾斯總是很禮貌，莞爾而笑，不作答。」他的回答正切中我一貫對羅爾斯的觀察。

之前，我雖主修歷史，但六神無主，喜歡到處聽課，尤其哲學系名師輩出，更是我的最愛。每回有空就往那裏跑，業師史華慈教授因是委婉地勸誡：「羅爾斯的《正義論》一書頗有被高估之嫌。」意謂切勿荒廢正業。但我一心只想向西方取經，加上羅爾斯正是我心目中無上的哲學英雄，遂充耳不聞，我行我素。

　　我跟桑代爾轉述，羅爾斯因口吃之故，講課並不順暢；授課內容復深奧難懂，每逢開學固然高朋滿座，慕名而來的學生不在少數；課程進行中，學生漸有流失之虞，使得羅爾斯頓感窘促，嘆謂「我留不住人了」("I am losing people")的趣事。

　　我們又聊到以羅爾斯為首的「新自由主義三傑」中的其他兩位。那契克（Robert Nozick, 1938–2002）的名著《無政府、國家和烏托邦》(*Anarchy, State, and Utopia*, 1974)，曾獲頒「美國國家圖書獎」，可是卻常成為哲學鬼才普南（Hilary Putnam, 1926–2016）教授在課堂上的笑柄。普南曾口無忌憚地說：「我在智識上和道德上都瞧不起他。」顯然極為不屑。這當是瑜亮情結所致。兩位均是風頭正健的同事，在各自領域獨領風騷。我一時想不起新自由主義第三位是誰，只記得是從牛津大學來哈佛客座的法學哲學家，桑代爾馬上脫口而出，「是多爾金！」(Ronald Dworkin, 1931–2013)。

　　桑代爾復追問，到底我在哲學系又上了哪些人的

課？我說倫理學的福之（Roderick Firth, 1917–1987）教
授。是氏循循善誘，講課條理分明，個人受益良多。
按課表，最後一堂課必須討論羅爾斯，他竟說偉大的
哲學家就在隔壁教室，他不復多言，請各位來日移步
去傾聽本尊。福之教授謙遜蓋如是。桑代爾謂，福之
教授年紀較大，早已從哈佛退休。

　　因為這些前賢一一作古，令人不勝噓唏，彼此突
然靜默了一段。

　　之後，我又道及從德國前來客座的海尼希（Dieter
Henrich, 1927– ）先生，系主任介紹他乃是康德（Immanuel
Kant, 1724–1804）與黑格爾（Georg Wilhelm Friedrich
Hegel, 1770–1831）研究的最權威。的確，他的「黑格
爾」，自家人娓娓道來，既親切又厚實；只是我欲語還
休，不好說出比起桑代爾的業師——泰勒的《黑格爾》
（*Hegel*, 1975）一書，尚精彩許多。

　　於是，桑代爾好奇地問我，本業為何？我遂有
了播送一己之學的契機。個人原以思想史為志業，近

年則探究儒教的宗教性質。可能受到羅爾斯的潛移默化，捨棄定義式的概念糾結（以羅爾斯的個案，則是捨棄分析哲學的概念解析），改取「神聖空間」（Holy ground）的進路，聚焦孔廟聖地的分析，避開傳統經義的纏繞不休，遂略有所獲。

我復順道提醒他，令師泰勒的鉅作《俗世的世紀》（*A Secular Age*, 2007）　雖榮獲國際大獎鄧普頓獎（Templeton Prize），但其俗世化的論述卻難以涵蓋儒家在近代中國的遭遇。桑代爾遂興沖沖地告訴我，年底哈佛將刊行他的一本關於西方哲學與儒家、道家比較的著作，盼望彼此可以切磋。我當然亟望早日拜讀，沐浴新知。

因為早知桑代爾的著作有多國語文發行，一時掩不住虛榮心的作祟，也敝帚自珍地提示他：拙作當下也有幾種語言正在迻譯。

結束前，他突然既客氣又嚴肅地提問，為了明日的講演，有何在地的議題，可資取用。我就說，目前

此地燙手山芋的議題，便是「年金改革」，代表不同世代利益的衝突，恐怕連羅爾斯的「原初立場」(original position)、「無知之幕」(veil of ignorance) 都難以介入其中。另一個普世的問題，便是「環保」和「經濟發展」的矛盾；但不知會否派上用場？桑代爾頻頻點頭，稱是。話題不斷，一來一往，談興正濃，背後樂隊的伴奏卻戛然而止，原來晚宴已告結束，該是曲終人散，拱手道別的時候了。

初刊於 2017 年 6 月。

東瀛學人印象記

上一世紀，歐美學者經常假道日本漢學了解中國文化，這一特徵已經是學術界的常識了。而在我問學的過程中，有幾位日本學者在心目中烙下深刻的印象，容值一誌。

第一位便是島田虔次。1982年的夏天，緣陳榮捷前輩的推薦，我得以參加在夏威夷舉辦的「國際朱子會議」。當時日本的代表團陣容堅強，例如東京大學的山井湧（1920–1990）、溝口雄三（1932–2010），日後都變成忘年之交，容後再敘。但最引人注目的，當是京都大學的島田先生。此翁在國際漢學界久享清譽，向來罕見露臉國際會議，因此一出席便惹起些微騷動。

島田虔次（約攝於1985年）

　　他曾在大陸讀過中學，因此中文口語相當流利，頗便交談。島田為人溫文儒雅，對後進親切有加。記得在幾次會談中，他毫不保留地推崇余英時老師的學問，允為當代中國學人的祭酒；即使他與余老師在個別的學術觀點不盡相同，舉個例，「文字獄」對清代學術的影響，二位便有不同的估量。他來參加這次會議

的目的，意在與余先生當面切磋，擬如朱子所言：「舊
學商量加邃密，新知培養轉深沉。」可是余老師日常作
息，屬於晏起一類；幾日下來，二位竟無緣會面，經
小輩奔走其間，方才促成了中日「朱陸之會」的情誼。

日後（1988），島田先生曾到新竹清華大學給予
一系列的演講。有回我也到清華上課，碰巧落腳同一
學舍。晚上驟雨，遠處傳來陣陣的悶雷，島田教授和
他夫人衣衫微亂，匆匆從住房衝出來，問我是否打仗
了？經我解釋後，方才釋然，滿臉尷尬。此一唐突
的反應，不知是否和他在戰時經驗有關？該時頗為納
悶。後來仍有魚雁往返，向其請益。晚年他身體欠
佳，1997年，以耄耋之齡榮膺日本學士院院士，很是
替他高興；雖說實至名歸，卻是遲來的榮譽。按，日
本學士院院士乃依科目逐一遞補，非隨時得選。毋怪
後生的田仲一成（1932–）竟以自己「七十少院士」自豪。

在日本學界，東大和京大乃是人盡皆知的勁敵，
長期兩相抗衡，人文領域自不例外。該時島田先生被

視為京都學派的掌旗者，溝口先生則是東大陣營的佼佼者。他們的學風從各自的代表作，得略窺一二。島田的成名作：《中國近代思維的挫折》（『中国における近代思惟の挫折』，1949；修訂版，1970），以理念分析見長，馳譽學界；溝口則擅長以社會、經濟背景，襯托思想的流變，他的名著《中國前近代思想的屈折與展開》（『中国前近代思想の屈折と展開』，1980）即是例證。他的思路顯然與島田針鋒相對。而後，溝口一再強調應把研究中國當作一種別有特色的方法（『方法としての中国』，1989），顯然帶有另闢蹊徑的用心。

　　1984年，清華大學舉辦「中國思想史國際會議」，日本方面除了溝口，以闡發「氣的哲學」聞名的山井湧先生等均來與會，遂愈有機會與其多接觸。尤其在我研究孔廟文化的過程中，倘有成著，便呈請二位先生賜教，他們也投桃報李回贈彼此的新作，毫不介意日本書籍的昂貴。有天，溝口回函，嘉許孔廟課題意義非凡；卻為日本學人所忽略，很不可思議。可見他

對後輩從不吝惜予以鼓勵。有次，他來新竹清華大學
客座。陪他到街上閒逛，發現他逢廟必拜，十分虔
誠，與他平時論學的理性執著，截然兩樣。據說，有
回上台北宴會，碰到日本外交官責難他既為國立東大
的教授，應屬公務人員，到此地來講學，為何事先沒
通報？惹得他十分不悅。逢假，返回日本，他竟到外
務省拍桌子，其對學術獨立的堅持蓋如是。在日本學
界，他亦是以特立獨行著稱。

　　我擔任史語所所長時，田仲一成前來洽談與東洋
文庫之間合作的事宜，相談甚歡。田仲先生一望似鄉
下士紳，居中他提到當選院士已年近古稀（七十）。我
稍顯訝異，他遂解說平均當選日本學士院院士多必須
到八十左右，不啻於中國科舉的「五十少進士」了。之
後承蒙他賜閱不少中文的譯作，才知道他乃是研究中
國戲劇史的權威，以結合古典文獻和田野考察著稱，
研究取徑獨樹一幟，甚有建樹，在日本古典中國文學
研究界舉足輕重。

在哈佛求學期間，結識友人渡辺浩（1946– ）。他適獲日本基金會的獎助，前來從事兩年的研究；雖説他已是東大助教授，我才是博士生，因一見如故，常相往來。每星期我們總是有一回共進午餐，品評時下學術與人物，交換有無。兩個東方人的共同觀感是：美國的漢學輕靈有餘，厚實則不足。

美國結業之後，造訪東京，甚受渡辺先生款待。東大教授薪資有限，他竟不惜破費，招待我去銀座享受高檔的懷石料理，讓我吃得心驚膽跳，惴惴不安。完了，二次會又去小樂坊傾聽法國香頌，蓋渡辺對法國文化情有獨鍾。渡辺先生還曾帶我至家裏品嘗夫人親手做的鹿兒島料理，令我受寵若驚。鹿兒島料理有點像台菜，燜煮的東西居多，也是人生另番的「美味關係」。

1984年，我在台北參預國際會議的籌辦，原有意邀約渡辺先生前來共襄盛舉，但大會復邀了當時聲名大噪的弗朗西斯・福山（Francis Fukuyama, 1952– ），讓

渡辺一改初衷，遂來函婉拒與會。原來他對福山的「歷史終結論」(the end of history) 甚不以為然，竟似全為西方資本主義張目。我自然是尊重他於學術一絲不苟的堅持。

不久，獲知他接任恩師丸山真男 (1914–1996) 的講座。按，丸山真男乃是二次戰後，日本最受矚目的人文社會學者，地位崇隆無比。有趣的是，渡辺卻是以解構、修正丸山的假說而大獲盛名。之後，他一路晉升東大法學院院長、副校長，又展現了他行政方面的長才。有回，再次和他在銀座用餐，該食堂以天婦羅遠近馳名。店老闆獲悉渡辺乃是東大名教授，從頭到尾陪侍，極盡禮數。東大學者的魅力，於是充分體會。

2017 年他受邀到史語所擔任「傅斯年講座」，復發生一件趣事，講演之前，我跟他提及當今日本史學泰斗斯波義信 (1930–)，在 2003 年給完「傅斯年講座」，返日不久，隨即膺選學士院院士，他也有可能步其後履。渡辺斷然以英語回答：「Absolutely not!」(絕對不可

能！）有幸我一語中的，事實是渡辺回去不到一星期，日本友人就電傳了他當選學士院院士的捷報。斯波、渡辺兩代學人前後輝映，不啻為學壇佳話。

初次和夫馬進（1948–）教授見面，是在復旦大學文史研究院慶祝成立六週年的紀念會。我雖久聞其大名，卻從未謀面。席間，夫馬先生告訴我，他早就認識我了，令我非常訝異。原來他的業師剛好是島田虔次。有次他擬前往哈佛大學訪問，和島田辭別；沒想到他老師一轉身，取了一本小冊子：《哈佛瑣記》，囑他臨行前參閱，因此他便知道無名的我。他在明清史學界聲譽卓著，屬於直言無礙型的學者。之後我便邀請他擔任史語所的學術諮詢委員。有次在每兩年一度的學諮會中，有兩位美國學者侃侃建言，夫馬閉目養神，狀似睡著，突然醒來發言，逕謂我們應該多多吸收日本漢學的成果才是，氣氛突然異常凝重，頗是尷尬。

後來我便從善如流，在所長任內最後一年，敦請他與渡辺浩教授擔任年度的「傅斯年講座」，以增進對

日本學術的了解。兩次系列講座，果不失所望，見解新穎，他山之石，可以攻錯，聽者受益良多。

要之，夫馬先生勇於開拓新領域，具有高度的原創力。二十年前攸關「中國善會善堂的研究」，即一新學界耳目。這回朝鮮燕行使、通信使的探討，貫穿東亞文化區的研究，自是不意外。有趣的是，夫馬此番致贈我的禮物仍是他的《朝鮮燕行使と朝鮮通信使》（2016年版）。其實，之前他已經致贈過我一冊（2015年版），唯一不同的是封面上多了一條書籤，赫然印著「德川賞」，這乃是日本史學會首回獎賞中國史的著作，委實為殊榮。但夫馬私下偶有感發，目下日本漢學青黃不接，難以維持往日榮景。我對己方也有同樣的憂心。

哲學方面，除了前輩山井湧，我只認識吾妻重二（1956–　）一人。1995年，我以傅爾布萊特（Fulbright）資深學人身份，受邀至普林斯頓大學訪問，剛好遇到吾妻夫婦也在普大停留。他曾到北大問學馮友蘭，算

是馮門弟子吧！他的專業是宋明理學和日本儒學，思路清晰，行文嚴謹；撇開己身的著述，也日譯了馮氏的《中國哲學史》、《馮友蘭自傳》，其對先師的敬重若此；故獲授馮友蘭學術研究獎。後來接續又迻譯了不少中國古典的典籍，若《朱子語類》(部分)、朱子《家禮》，甚至是新儒家熊十力 (1885–1968) 的《新唯識論》等，這種紮實的功夫，非有極嫻熟的中文底子絕難成事，令人佩服萬分。吾妻也是胸前掛滿了勳章，得獎連連的學者，例如「日本中國學會賞」。

有回到關西大學講演，好友吾妻明瞭我貪吃日本食物，參觀完祇園之後，遂前去一家預約許久的小館，品嘗京都料理，中有一道鮮烹小魚，美味可口，唇齒留香，至今回味，仍垂涎三尺呢！概可謂「理性與感性」之旅吧！

初刊於 2018 年 4 月。

杜希德和史景遷

1999年我重返普林斯頓大學做研究，其間杜希德
（Denis Twitchett, 1925–2006）教授邀我去鎮上一家法
國餐廳用餐。這家餐廳號稱是普林斯頓最佳的法國餐
館，的確盛情可感。席間的談話，迄今猶心存感念。
杜老突然問我：「想不想留在美國發展？」由於事出突
然，一時無以作答。歇時，我才支支吾吾地答道：「故
鄉還有兩老需要奉養，必得回去。」看得出來，他有些
微的失望。這頓飯吃得汗顏。

按，杜希德在西方漢學以治隋唐史聞名，在財
政史和史學史均有所建樹。杜希德中國學問的養成，
源自英國的漢學傳統；進而，他前往日本東大進修，
遂受扶桑漢學之益。他的老師乃是中國法制史的名

家——仁井田陞（1904–1966）教授，我個人在研究孔
廟時，因取資《唐令拾遺》，也領會到仁井田先生在
制度史上的功力。毋怪杜希德的成名作《唐代財政史》
（*Financial Administration under the T'ang Dynasty*, 1963），
染有極明顯日本治學的風格。

他本來長期任教於英國劍橋大學，日後才轉到
美國普林斯頓大學。這與普大的樞紐人物——牟復禮
（Frederick Mote, 1922–2005）教授脫不了關係。杜希德
能從劍橋過來（1980），和之後余英時老師也從耶魯前
來加入（1987），均是牟復禮苦心積慮的傑作。該時無
疑是普大東亞系的黃金時代。他們三位遂成西方漢學
的實學典範。

必須一提的是，牟復禮二次戰後曾在金陵大學、
燕京大學讀過書，跟過幾位飽學宿儒，中學底子紮實
可靠，能吟詩作詞，在洋人中極為罕見。後在美國，
復師從適時在美任教的蕭公權（1897–1981）教授，蕭
乃是中央研究院首屆院士。牟因景仰蕭先生，曾英譯

了其師的名著《中國政治思想史》的上半部。爾後杜希德和費正清（John Fairbank, 1907–1991）合作編纂《劍橋中國史》（*The Cambridge History of China*），他又出了不少力氣。他本身學問極為了得，乃是春風化雨型的良師。牟的中文名字蓋取自《論語》「克己復禮」，為此他始終執一不遷。有趣的是，另位美國漢學家孔飛力，原名為「孔復禮」，因文革而改為「飛力」，二者的文化堅持不言而喻。

有數件事，令杜希德與史語所關聯非淺：

其一，由於史語所有些同仁曾經遊學普林斯頓，經他們兩相奔走，杜希德遂決定於1997年將知名的老牌學誌——*Asia Major*從普大移至史語所續刊。這個舉措兩相得宜，使*Asia Major*不至斷炊，而賡續至今。另方面，史語所立即在西方漢學取得發言的舞台。

其二，他身後，家屬和同事決定把他的藏書及重要檔案全數捐給史語所傅斯年圖書館，無疑增添該館的收藏不少。2007年9月舉行的捐贈儀式，其子Peter

和 Nicholas 均來台出席，以示隆重。

　　末了，1996 年，他欣然接受「傅斯年講座」的邀請。在訪台期間，我特別邀他共餐，以答謝他先前協助拙著在劍橋大學出版。前幾天，他因門生故舊熱情的安排，享用了不少豐盛的中餐，遂提議吃西方的食物。因此我特地四處打聽，找了一家在本地頗有名氣的法國餐館，諧音叫「花得起」；據說是台北最好、最昂貴的西餐廳。的確，該餐廳裝潢雅致，氣氛極佳，菜色尚屬上乘，可是，杜希德餐後所下評語只是：「吃起來像法國餐！」（"It tastes like French food!"）讓我為之氣結，血本無歸。

　　杜希德平常舉止莊重嚴肅，不苟言笑；論學尤其認真，學者因是敬畏有加。可是我業經高人指點，三杯紅酒下肚，就打開話匣，侃侃交談了。席間我們不時以學術軼聞助興，他有一個論點：只要一本書出版之後十五年，還有人徵引，即為好書。當時我尚年輕氣盛，聽了頗不服氣。文章不是千古事嗎？但隨著

年歲既長，方才覺得其所言不差。記得我也曾拋磚引玉，提出：他的門生史景遷（Jonathan Spence, 1936-）的學術淵源，應來自十九世紀麥考萊（Thomas B. Macaulay, 1800-1859）文史合一的傳統。杜老嗤之以鼻回答：「算了，黃博士，那是天賦！」("Come on! Dr. Huang, it is a gift!") 令我灰頭土臉，不知所云。

2009年，當史景遷教授應邀至史語所擔任「傅斯年講座」，我把這一段對話轉述給他聽，他一臉狐疑，似難置信。要之，杜希德奉行的乃是嚴謹的實證史學，史景遷卻是以文采燦然行於世，二者學問風格截然有異。乍聽杜希德的讚美，令史景遷大大出乎意外，經我婉轉解說之下，蓋緣杜師酒後吐真言；史景遷方才釋然。刹那間，我頓時體會到，他終因嚴師的肯定，喜形於色的一面。

初始，我讀過史景遷的《中國皇帝：康熙自畫像》（*Emperor of China: Self-Portrait of K'ang-Hsi*, 1974），當時只覺公私文書剪裁甚佳，讀來趣味盎然，並未充分領

略到他真正卓越之處。但日後他一連串的鉅作，以個人傳記所拓展出去的敘事手法，烘托出該時中國社會、政治的特色。其運筆、佈局的特色，連列文森（Joseph R. Levenson, 1920–1969）教授生前也稱譽他「擁有天使（angel）般的書寫能力」。而正是這項非凡的本事，終令其在眾多西方中國史家中脫穎而出，奠定了中國史「敘事轉向」（narrative turn）的典範。而其所致的「文史合一」的境界，絲毫無愧於其中文名「景仰司馬遷」的涵意。

不止其著作文采斐然，即使他在耶魯所開之課，亦極受歡迎，竟成耶魯一景，學生動輒近千。曾為其研究助理的陳弱水告訴我，助教即有二十位之多。日後，連「後現代史學」的陣營，亦亟亟欲將其納編，屢取其《胡若望的疑問》（*The Question of Hu*, 1987）作為同調。[1]可見其新舊無欺，同受歡迎。我也見證過他在台

1　請參閱拙著：《後現代主義與史學研究》（北京：三聯書店），頁204。

灣講演高朋滿座的盛況，令人嘆為觀止。

　　不容諱言，史景遷治學以個人才性為主，究竟高不可攀；但其師杜希德的治學方略，按部就班，有跡可尋，卻造就人才不少。若說杜希德的貢獻，在於提升西方漢學的研究水平，史景遷則是將中國歷史的研究推展至廣泛的英語讀者，其作品經常入列《紐約時報》的暢銷書，他遂順勢變成中國史在西方世界最受歡迎的代言人。2004年，他打破中國研究的藩籬，繼費正清之後（1968），膺選為「美國歷史學會」（American Historical Association）會長，成為西方主流學術的領軍人物，為中國史的研究掙得許多光彩，此當不在話下。

初刊於 2018 年 6 月。

唐獎點滴：
斯波義信的兩隻鳥兒

平時品茗，我喜歡佐以 Yoku Moku（日本小蛋卷，據說為皇室喜愛的甜食）；這時內心便浮現普魯斯特（Marcel Proust, 1871–1922）《追憶似水年華》起筆的一幕——男主角邊啜飲茶點，邊信手拈來「瑪德蓮」（Madeline）小甜餅；心頭霎時湧上朦朧的小確幸。

不意，斯波教授也是 Yoku Moku 的同好者，然而卻有過之無不及；他甚至把家裏所豢養的兩隻鳥兒，一隻叫「Yoku」，另隻叫「Moku」。日本「3・11」大地震那一年（2011），東京受波及，斯波負責的東洋文庫，書架幾全倒塌。處理公務完畢，八十高齡的他隨即步行了六小時趕回住家，唯恐家裏的書櫃倒下，傷及兩隻小鳥。

今年5月，個人受命前往東京，告知斯波獲獎之事。驅車前去東洋文庫，甫抵達便看到他與田仲一成——另位中國戲劇研究的大家——佇立在庭院中噴煙，仿似兩尊紳士石雕。後來才知曉，斯波是位煙癮不小的癮君子。

唐獎講演，他與聽眾進行問答時，一如打乒乓球般，一來一往；只是他經常在接球之後，就放到手中，仔細端詳，周延地思索，竟至忘我，令提問者頗為尷尬。返回日本之後，他復一絲不苟，逐條回函作答，正反映了他一貫嚴謹而有趣的治學態度。

斯波成名甚早，他的博士論文《宋代商業史研究》（1968）出版後，立即受到學界極高的評價。並受到洋學者杜希德的賞識，且由伊懋可（Mark Elvin, 1938– ）著手譯成英文，從此在西方漢學界嶄露頭角。

他有多次前往西方國家交流的機會。有回在美國見到了宋史專家劉子健（1919–1993）教授，後者告訴他日本漢學厚實有餘，但國際化不夠。從此，他便決心

把日本中國學的國際化當作目標。

　　其實斯波並非多產的學者,但作品極為精要。往往能解決重要的議題,而開創一個領域或引領新的研究方向。彷彿2017年諾貝爾文學獎得主——石黑一雄(1954–),雖才撰有七部長篇小說,但部部不同凡響,發人深省。

　　1986年,他竟以德文發表〈馬克斯・韋伯對非歐洲社會歷史的貢獻:中國〉("Max Webers Beitrag zur Geschichte nichteuropäischer Gesellschaften: China"),遂吸引了我的注意。因為湊巧,自己念了若干韋伯的著作,在1985年曾疏理成一篇小文〈韋伯論中國的宗教:一個「比較研究」的典範〉,當時尚引起台灣社會學界一場小小的論辯。要知日本漢學素來保守,學風拘謹有餘,開創略嫌不足。斯波勇於向外尋求學術奧援,遂其一己之學,卓然成家,在該時日本學界的確罕見。誠如他所自述的,引進西方的新知,無異是對該時日本拘謹的漢學學風的一種反抗。

　　試舉一例，以概其餘：在《中國都市史》（2002）這本名著，斯波便企圖矯正之前過度強調城市的政治與行政性格，而側重城市的商業淵源與功能性。此書志在回應韋伯對中國都市的古典觀點，乃至為明顯。被詢及他為何挑選邊陲之區的台灣台南作為剖析的重點之一，他妙答因那個年代中國大陸並不對外人開放，無法從事田野考察，所以做此選擇。正緣他多番至台南地區進行實地考察，故能做鉅細靡遺的深入分析。而他對「境」的剖析，尤有所見地。

　　又，斯波收入「岩波文庫」的《華僑》（1995），雖是綜合性的論述，但仍能窺見他卓越的史識。斯波點出十六世紀以降，華人離境出討生活，從「華僑」到「華裔」的不同類型及變化，實一針見血。

　　按，民國初年，王國維於其備受推崇的《人間詞話》曾提出「境界說」，倚之品評中國詩詞；殊不知史學作品也有「境界」高下之分。斯波在日本傳統漢學的基礎之上，嫻熟運用鉅量、多樣的中文資料，加上吸收

了西方社會科學，尤其是年鑑學派的精華，遂得成就其名山採銅之作。蓋斯波以一人之力，兼治中、日、西方之學，委實難得。余英時師便讚譽他「史學境界」甚高。而詢之日本代表性的學者，均眾口一詞，倘有國際大獎，則非他莫屬！

斯波在本國事業發展的初期，頗受波折，最後方才回歸東大母校任教。之後則出任漢學研究重鎮東洋文庫的理事長、文庫長，因經營有方，名聞中外，為士林所推崇。又他得獎無數，胸前掛滿了勳章，2003年受邀擔任中研院史語所「傅斯年講座」，甫回國即膺選為日本學士院院士，從此得獎連連，若以天皇名義頒發的「瑞寶重光章」等等。更在2017年獲頒日本最高榮譽的「文化勳章」。2018年則與美國哈佛大學的宇文所安合得唐獎漢學獎，攀登榮耀的巔峰。

以一個外國人研究異文化，最終能受該文化的肯定，其欣喜可想而知。在唐獎典禮，於他哽咽致詞裏，斯波除卻感謝恩師早年的教導，尚致謝了許多於

其問學過程裏助其成學的中外學侶，足見他非但謙遜
過人，而且是個情義兼顧的學者。

　　他外祖父曾在北海道大學的農學部供職，到台灣
阿里山調查過林相，受此啟示，斯波遂生一心願，盼
望有朝一日得乘森林火車，上阿里山觀遊古木參天的
神木區。趁這次唐獎之行，他便立意偕其家人同行，
八十八歲的他終得登高眺望日出的美景，圓其長久的
夙願。

　　末了，容可一提唐獎的花絮：原來唐獎教育基金
會不敢怠慢獲獎者，故三日一小宴，五日一大宴，自
然不在話下。但正式宴席拘於形式，累日下來則頗難
消受。於是，有晚我便自作主張，邀約斯波教授及其
家人出外輕食。「夜上海」餐廳氣氛宜人，佈置雅致，
菜色清淡而有巧思。當晚復有斯波日本友人林秀薇女
士穿梭其間，閒話家常，意趣橫生，故得暢懷痛飲，
賓主盡歡。

2018年唐獎頒獎典禮結束後，斯波教授偕家人遊阿里山

　　另外，自是不容失禮另位得獎者——宇文所安教授。他稱：十六歲始識中文，便愛上它，遂以學習中國古典文學為終身志業。此舉卻讓他父母憂心忡忡，怕他未來生活無以為繼，恐要養他一輩子；竟連他老師亦甚不以為然。可是他義無反顧，勇往直前，由於他的堅持和卓越的學術成就，五十二歲（1997）那年便榮獲哈佛大學禮聘為「科倫特大學講座教授」（James Bryant Conant University Professorship）。要知此一講座的前身，乃是二十世紀最偉大的政治哲學家羅爾斯。可見哈佛對他的器重非比尋常！

　　宇文滯留台北數日，突然思念起西式食物。於是有天午間，遂請他去義大利境外唯二的「花神咖啡店」（Café de Flore）共享午餐。一杯愛爾蘭咖啡下去，宇文先生身心舒暢，再佐以意式福里安三明治，秘書見其胃口大開，欣喜萬分。個人得與兩位得獎者餐聚，更緣言談之際，增廣見聞，受益良多。常語有云：「古之

作者為斯波義信與宇文所安頒發唐獎漢學獎（攝於 2018 年 9 月 21 日）

君士欲與名宿鴻儒交，莫不推其心、置其腹，缺一則不可。」誠哉斯語！小子敢不勉乎哉？

　　　　　　　　　　　　　　　初刊於 2018 年 11 月。

與阿多格教授餐敘

今年5月下旬，有幸邀請到法國著名史學家阿多格（François Hartog, 1946– ）教授到中研院參訪。他給了兩次意味深長的講演：「克利奧：歷史在西方已變成記憶之所嗎？」（"Clio: Has History in the West Become a Place of Memory?"）和「迎向嶄新的歷史情境」（"Towards a New Historical Condition"），均發人省思。

為盡地主之誼，我們特別安排兩次餐敘，一次為素食午餐，一次為葷食晚餐。個人緣被安排陪坐阿多格之側，遂多有交談的機會。平心而論，餐飲品質一般，但居間的對話卻是含金量頗高的學術交談，或許值得一誌，作為留念。

阿多格原以專攻西方史學史與史學理論聞名，和

個人年輕時的興趣頗有相通之處。因此話匣一打開，雙方便滔滔不絕，枉顧大部分的佳餚。雖然阿多格教授在兩岸享有相當的知名度，但此番若非透過戴麗娟博士的推薦，失學已久的我還真不知曉此翁的大名。

戴博士本身的指導教授乃是當今法國歷史記憶研究的表率──諾哈（Pierre Nora, 1931– ）。阿多格與他並駕齊驅，同為當今法國史壇的標竿人物。戴博士本人則不愧為乃師諾哈的高足，其法文著作，曾勇奪法國海外科學研究院之 Luc Durand-Réville 大獎（2011），為史語所世界史的研究先馳得點，讓同仁引以為榮。其實史語所在歷史記憶研究方面，已有人捷足先登，例如現任王明珂所長，雖學承有異，尤擅長擷取歷史人類學相關的概念與資源，分析西南中國「少數民族」的聚散形態，其豐碩的成果欽譽學界，有目共睹。

阿多格雖已從法國社會科學高等學院（EHESS）退休，但目前仍擔任法國高等師範學院（École Normale Supérieure）學術行政委員會的主席。後者乃是法國學

術精英的養成所，也是我個人心儀已久的學術聖地。
稍舉數例，其重要性即不言而喻，若大名鼎鼎的薩特
（Jean-Paul Sartre, 1905–1980）、福柯、德希達（Jacques
Derrida, 1930–2004）、布爾迪厄等，大師輩出，在西方
學壇各領風騷，光彩奪目。職是趁此機緣，我便大膽
請託阿多格教授與該學院領導者轉達未來彼此學術合
作的可能性。果不出其然，對方即表示歡迎之意，令
人喜出望外。這是後話了。

　　首先，阿多格澄清他並未做過德國學者科塞勒克
（Reinhart Koselleck, 1923–2006）的研究助理。之所以有
此誤傳，乃是通俗維基辭典所訛載（迄2019年5月31
日猶為如此）。按，科氏以探討「概念歷史」（conceptual
history）著稱。但阿多格教授並不諱言他的學說曾受到
科氏著作的啟發。

　　他樂意被歸類為「反思性的史家」（reflective
historian）。在人文學術界，他以闡發「歷史性運作機
制」（regimes of historicity）的概念聞名，而解放了蘭克

（Leopold von Ranke, 1795–1886）以降閉鎖於文本裏頭固定靜止的史實。於他而言，所謂的「史實」，乃係隨著行動者或觀察者當下立足點（presentism）而異，因此恆呈變動不居的狀態。

回想在哈佛讀書的情境，有次會議裏碰到大家里科，他竟一時激動，大罵結構人類學家列維－斯特勞斯（Claude Lévi-Strauss, 1908–2009）乃是「白癡！」（"Idiot!"）。當時甚感詫異難解。阿多格則解釋道：「他們兩位的思想本來就南轅北轍，彼此對立的。」我們又聊到他評論過的歷史人類學家——沙林的《歷史之島》（*Islands of History,* 1976）裏的夏威夷土著和庫克船長。雙方對他們的際遇，因不同文化而導致不同的歷史理解。天南地北，東扯西聊，很是暢快。

在座有人發問，誰才是二十世紀法國最偉大的史家？阿多格沉吟了一下，回說：「依他之見，二十世紀最了不起的法國史家莫過於布洛克（Marc Bloch, 1886–1944）。」個人則以為，同為年鑑學派（The Annales

school）創導者的費夫雷（Lucien Febvre, 1878–1956）應
與其不分軒輊。惟布氏在二次大戰因參加地下反抗組
織，而為德軍囚禁、槍殺的悲劇，更添加學者的同情
與注意。阿多格亦甚推崇年鑑學派第二代掌門者——
布勞岱爾（Fernand Braudel, 1902–1985）文采斐然，這點
我倒是略感意外。一般理解布氏乃傾向（社會）科學史
學，而殊少留意他行文的精彩之處。

　　既然是交談，便有來有往，阿多格教授遂問我，
所學為何？我答道年輕時曾疏理過十九世紀日耳曼史
學思想——歷史主義（historicism）。他立即直搗核心，
問我如何處理蘭克。由於多年前有位美國史學史名家
伊格斯（Georg G. Iggers, 1926–2017）也質問過同樣的問
題，我遂胸有成竹，照本宣科作答一番。按，蘭克未
曾有系統性史學的專著，他的史學概念影響雖大，卻
散佈在斷簡殘篇之間，或者其專著的序言等。東西不
多，但要串在一起倒是煞費功夫。由於阿多格關注「普
遍史」（universal history）的發展，我便湊合說起前一陣

子也以蘭克為出發點探討了普遍史、世界史及全球史的演化。

我又說近年主要聚焦「孔廟文化」的研究。我遂稍作推衍道：迥異於往昔遵循恍兮惚兮的理論或教義觀念，我聚焦「神聖空間」，以呈現儒教的諸面貌，尤其是其宗教性格。我著意擇取基督教的「聖徒」（saints）封聖制和儒教「聖賢」（sages）從祀制予以比較，阿多格果然興趣盎然。

為了探索上述的問題，我曾在1997年赴巴黎，實地考察該地著名的教堂。例如近日慘遭火吻的巴黎聖母院（Notre-Dame de Paris），造訪尤頻；所以一旦目睹電視轉播的火勢融融的現場，便感同身受，痛心異常。我又提到曾去參訪聖丹尼大教堂（Basilique Saint-Denis），由於忘神，過了開放時限，差點被關在地窖下，和歷代法國國王與王后的遺骸共度漫漫長夜。幸虧另有一對新婚的美國夫婦從地窖鐵門呼天喊地，方驚動守院的神父前來開門，放出驚魂未定的我們，蓋

夜幕已低垂。其他陪客哄堂大笑。又另位法國學者好奇問我，為何研究孔廟？我便不厭其煩把過去締結良緣的「佳話」重述一遍，復惹得眾人捧腹大笑，全桌其樂融融。

阿多格對法國漢學不算陌生，也認識謝和耐（Jacques Gernet, 1921–2018）和汪德邁（Léon Vandermeersch, 1928– ），兩位均為當今法國漢學界的泰斗。或許因此

作者與阿多格教授於史語所文物館（攝於2019年5月22日）

之故，他對甲骨文甚感興趣，以為是中國史學之源；遂安排他去參訪史語所文物館，並在甲骨文特藏區拍照留念。臨別，院方還送了他一條繡有甲骨文紋飾、別有特色的領帶。

　　阿多格雖已將其著作版權交予大陸某一出版集團，但處理不易，頗有難產之虞。[1] 其實，「難產」即是項榮譽。為權宜之計，我遂建議他試著找自己學生迻譯，先出版繁體字版較有效率，俾便早日嘉惠士林；他覺得甚為可行。謹拭目以待了。

初刊於 2019 年 6 月。

1　本書書成之時，大陸的中信出版集團剛剛出版數部阿多格教授的專著。

第四部分

學術時刻

余疲於哲學有日矣。哲學上之說，大都可愛者不可信，可信者不可愛。余知真理，而余又愛其謬誤。

余之性質，欲為哲學家，則感情苦多而知力苦寡；欲為詩人，則又苦感情寡而理性多。

——王國維

文學的真實與歷史的真實：
王冕之死

　　元末明初的狂士——王冕 (1287？–1359)，經由吳敬梓 (1701–1754) 著名小說《儒林外史》的渲染，他孤傲而才氣縱橫的意象，業已栩栩如生地烙印在廣大讀者的心靈，不只成為傳統士人所景仰的偶像，也變成家喻戶曉的人物。吳敬梓置王冕為全書的首回，與其他章回所刻劃讀書人庸俗不堪、令人發笑的醜態恰成對比，正符合作者所自述「說楔子敷陳大義，借名流隱括全文」的用意。[2] 在藝術創作上，自是絕大的成功。但小文所要探討的，卻是歷史的事實與文學創作之間，曲折的緊張性和創新性。

2　吳敬梓，《儒林外史》(台北：聯經出版事業公司，1978)，第一回。

　　王冕在家鄉,可是個「偶像破壞者」。他曾有「釁下缺薪,則斧神像釁之」的驚世駭俗之舉;[3] 又曾夜坐佛膝上,映長明燈讀書。[4]

　　但最值得玩味的是,史傳與小說各自如何交代王冕最後的結局。細繹留存至今的文本,「王冕之死」卻極具爭議,難下定論。大略言之,王冕之死古今史籍不外歸諸兩大原因:其一、突然暴斃,其二、遇難而死;而各擁文獻證據。[5]

　　宋濂(1310–1381)的〈王冕傳〉向來為後世所尊,[6] 王冕「暴斃而死」不僅成為主流論述,更成為《明實

3　陸容,《菽園雜記》(收入《筆記小說大觀》〔台北:新興書局,1976〕,第14編),卷十二,頁1244。

4　宋濂,〈王冕傳〉,《芝園後集》(收入《宋濂全集》〔杭州:浙江古籍出版社,1999〕),卷十,頁1473。

5　另有溢出歷史的神仙說(若明末散文家張岱之詞),則不予論列。見張岱纂,《越中三不朽圖贊》(民國七年紹興印刷局重刻本),頁102b。

6　宋濂,〈王冕傳〉,頁1473–1475。

錄》、《明史》的依據。[7] 宋氏認定朱元璋 (1328–1398)
曾「物色得冕，置幕府，援以諮議參軍，一夕以病死」。[8]
由於宋濂係明初開國功臣，素負文名，他的說法遂為
眾人所取。但倘若比對該時的原始史料，則頗有斟酌
的餘地。

　　職是之故，清初大家朱彝尊 (1629–1709) 交代王
冕晚年的下場，則與宋濂所述迥然有異。他特為表
彰王冕對於朱元璋「不降其志以死者」，因別為立傳，
圖欲上之「史館」，希冀編纂者慎擇，[9] 可見朱氏認真的
態度。

7　張廷玉等，《明史》(北京：中華書局，1974)，卷二八五，頁7311。
　　李景隆等撰，黃彰健校勘，《明太祖實錄》(台北：中央研究院歷史語
　　言研究所，1966)，卷七，頁 2a–2b (總頁79–80)。

8　宋濂，〈王冕傳〉，頁1475。

9　朱彝尊，〈王冕傳〉，氏著，《曝書亭集》(台北：世界書局，1964)，
　　卷六四，頁741–742。可惜官修《明史》終究仍本諸宋濂之說。

　　朱氏的質疑，無非本諸王冕的同鄉徐顯（生卒年不詳）的說詞。徐氏係王冕好友，王冕北遊南歸，曾告誡徐顯天下將大亂，王冕遂決定南棲歸隱。[10] 徐顯也替王冕寫了篇傳記，文末說王冕遭寇（明軍）挾持見「大帥」，冕慷慨曉以大義，但「明日君疾，遂不起，數日以卒」，眾人為之具棺服斂，墓碑署曰「王先生墓」，可見猶為一介平民。[11] 徐顯論贊王冕云：「卒能使暴戾之寇，格心起敬，浩然之氣，至死不衰。」[12] 所以只能直稱「元逸民」，而與爾後官修《明史》入列「文苑傳」，顯有歧出。

10　徐顯，〈王冕〉，氏著，《稗史集傳》（收入《四庫全書存目叢書》〔台南：莊嚴文化事業有限公司，1996〕，史部第87冊，據北京圖書館藏明刻本影印），頁16b。

11　同上，頁17a。該文復為時人張辰〈王元章傳〉所本，參見陳遹聲、蔣鴻藻纂修，《諸暨縣志》（清光緒三十四年修，宣統三年刊本，扉頁題名「國朝三修諸暨縣志」），卷五一，〈明張辰彥暉王元章傳〉，頁18b–20a。

12　徐顯，〈王冕〉，頁17b。

　　但在藝術再現上，王冕則別有一番意味。蓋以歷史人物作為文學創作的題材，雖仍存有大幅想像發揮的餘地，但比起全然虛構的人物，多少受到時空與史實若干的約制；最為後人所津津樂道的，莫若《三國演義》之於《三國志》。換言之，文學創作固然依違於歷史的縫隙之間，卻非完全受其範囿。視《儒林外史》為「稗官」文類的「閑齋老人」，便認為「稗官為史之支流，善讀稗官者可進於史」。[13] 他舉《三國演義》為佐證，說道：

> 《三國》（演義）不盡合正史，而就中魏晉代禪，依樣葫蘆，天道循環可為篡弒者鑒，其他蜀與吳所以廢興存亡之故，亦具可發人深省。[14]

　　可見「文」與「史」之間的關係，並非以「虛構」與「事實」的分辨，就可以一語道盡，其辯證關係需得逐一詳究。

13　閑齋老人，〈儒林外史序〉，見《儒林外史》，頁 1a。

14　同上，頁 1b–2a。

　　宋濂的〈王冕傳〉説「冕屢應進士舉不中」，但在《儒林外史》裏卻絕口不提王冕曾屢試不中之事，刻意將其塑造成無意仕進，「不求官爵，又不交納朋友，終日閉門讀書」的高士。按，文學創作本不須「秉筆直書」，與史實小大出入可也。

　　又，王冕原以「畫梅」見長，倚此聞名於世。但在《儒林外史》裏卻不提「梅花」，王冕改以畫「荷花」見著；按，「荷花」作為象徵，不外取喻釋教佛本身或載道工具，但覈諸王冕生平素不禮佛、敬佛，則知非其所本。職是《儒林外史》裏塑造王冕畫荷的喻意，應與佛教無關。作者吳敬梓較可能取材自北宋大儒周敦頤（1017–1073）的傳世名文〈愛蓮説〉，[15] 將出淤泥而不染、不蔓不枝、香遠益清、可遠觀而不可褻玩的蓮花，轉化作君子潔淨高超的象徵。

15　周敦頤，〈愛蓮説〉，《周濂溪先生全集》（收入《百部叢書集成》〔台
　　北：藝文印書館，1968〕，第26冊．正誼堂全書第1函，據清康熙張
　　伯行編同治左宗棠增刊本影印），卷八，頁1a。

　　王冕似曾見過明太祖，明初劉辰（1334–1412）的
《國初事蹟》裏，載有以畫梅著稱的王氏，曾赴金華
見太祖，太祖待之頗厚，曰：「我克紹興，著你做知
府。」[16] 遂賜衣服遣回，並未任用。按，該書類案牘之
詞，逐條記實，行文樸質，無所隱諱，應有所據。甚
至復傳有王冕曾獻奇計於明軍之事，告以攻城之略，
卻慘遭潰敗，王冕得咎，遂受疏遠。[17] 明人另有傳言，
云「洪武開國之初，所以待元紳士者極其優厚，獎其忠
義而抑其頑鈍、無恥者」；反諷的是，名列「忠義者」的
王冕卻落得如此下場：

16　劉辰，《國初事蹟》（收入《四庫全書存目叢書》史部第46冊，據北京
　　圖書館藏明泰氏繡石書堂鈔本影印），史46-4。關於該書評價，請參
　　閱紀昀等，《欽定四庫全書總目》（台北：台灣商務印書館，1983），
　　卷五二，頁37b–38a。

17　徐勉之，《保越錄》（收入《叢書集成初編》〔長沙：商務印書館，
　　1939〕，第3906冊，據學海類編、藝海珠塵及十萬卷樓叢書本排
　　印），頁11–12。蕭良幹等修，張元忭等纂，《紹興府志》（台北：成
　　文出版社，1983，據明萬曆十五年刊本影印），卷四三，頁22a。

諸暨王冕，值大兵攻城，舁至軍前，直言而死。

此又忠義者之果於自決，非為上者之不優容也。[18]

此似為太祖開脫之言。諸如此類遁詞，不禁啟人疑竇。

相反地，宋濂並未親見王冕，卻著意為之立傳，恐緣當時兩軍對壘（朱元璋與張士誠），王冕為該時名士，其投效與否，大有文宣價值。此外，明初另一國師劉基（1311–1375）也為王冕的《竹齋集》寫過序。[19] 一介逸士需勞得兩位重要的開國文臣為其作傳、寫序，顯得十分不簡單。

疑團是：以王冕的狂傲自恃、放言無礙，遇上素輕儒生、拒聽雅言且嗜殺的朱元璋，恐凶多吉少。太祖誅殺其義子親侄朱文正（1336–1365？）的罪名，正是

18　來集之，《倘湖樵書》（收入《續修四庫全書》〔上海：上海古籍出版社，1997〕，第1196冊，據上海圖書館藏清康熙二十一年倘湖小築刻本影印），卷九，頁55a、56b。

19　劉基，〈竹齋集序〉，見王冕著，壽勤澤點校，《王冕集》（杭州：浙江古籍出版社，2012），頁290–291。

「親近儒生，胸懷怨望」。[20] 何況太祖毫不掩飾地逕告其近臣：「金盃同汝飲，白刃不相饒。」[21] 王冕處境的艱危，可想而知。

惟王冕的死因撲朔迷離，徒增後世史冊紛擾，致難為其清楚定位。清乾隆三十八年 (1773) 纂修的《諸暨縣志》即反映了此一窘境，它如是記述道：

王冕，萬曆《紹興府志》列「儒林」、《浙江通志》載《續高士傳》列「隱逸」、《續宏簡錄元史》[22] 列「文

20　吳晗，《朱元璋傳》(上海：三聯書店，1949)，頁200。劉辰，《國初事蹟》，史46-8。孫宜，《洞庭集》(成都：巴蜀書社，1993)，「大明初略三」，頁506。

21　張廷玉等，《明史》卷一三九，頁3987。並請參閱吳晗，《朱元璋傳》，第五章：恐怖政治。

22　此書指邵遠平撰，《續弘簡錄元史類編》，共四十二卷，清康熙時期刻印。

翰」、《明史》列「文苑」；今錄宋濂傳，仍擬列「儒
林」。[23]

該書採宋濂之說，故將王冕入列「儒林」，但不得不承
認和其他史冊的分類多有分歧。

　　吳敬梓則在兩橛之間，借文學創作，將王冕刻劃
成始終如一的高逸之士，完美了其藝術形象，並超拔
於歷史枝節的糾纏。在《儒林外史》裏，王冕最終選擇
躲避明朝徵召，吳敬梓如此交代：

　　王冕隱居在會稽山中，並不自言姓名；後來得病
　　去世，山鄰斂些錢財，葬於會稽山下。……可笑
　　近來文人學士，說著王冕，都稱他做王參軍！
　　究竟王冕何曾做過一日官？[24]

23　沈椿齡等修，樓卜瀍等纂，《諸暨縣志》(台北：成文出版社，1983，
　　據清乾隆三十八年刊本影印)，卷二五，頁9a。

24　吳敬梓，《儒林外史》，頁12。

觀此，作者讓王冕「得病而死」，且不曾「做王參軍」，在史料兩相對壘的夾縫中，開拓權宜的想像空間，也實踐了他將王冕形塑成「嶔崎磊落」之士的宿願。因為王冕即使懷有經世之志，並不見得願意投效明軍。他所處的歷史情境乃是多方勢力競逐的場域，包括舊有的元朝政權、新起的張士誠（1321–1367）、和草莽出身的朱元璋。迴旋其間，委實令人難以適從。其生平遭遇，為各方勢力各取所需，遂呈現傳聞異辭的狀態。

於此，顧頡剛（1893–1980）的「古史層累說」，也可適用在後世的歷史人物上，例如王冕的境遇。原先樸質的原始記述，愈到後世，愈形豐富。即使事隔多年，好事者則捕風捉影、臆想出偌多追加之詞，甚至達到繪聲繪影的地步，諸如明太祖與王冕生動的對談內容。[25]

25　郎瑛，〈山農剌時〉，氏著，《七修類稿》（北京：中華書局，1959），卷二九，頁446。李西月編，《張三丰集》（南京：江蘇廣陵古籍刻印社，1996），卷二，「王山農」，頁27b。

　　析言之，攸關王冕的生死，既存史料的分歧與矛盾，在在使得發掘歷史真相，難以取得定論。相形之下，反倒是《儒林外史》裏的「王冕」，由於作者精心刻劃，呈現了風格完整的理想形象，充分體現了藝術的真實性（authenticity）。蓋吳敬梓所形塑的「王冕」，至能體現王冕的真精神（ethos）。王氏在晚年所作的一幅畫中，即興書寫虛擬的「梅先生」，他人一望即知係王冕的自況之辭。〈梅先生傳〉的文末，王冕借「太史公」的口吻總結道：

> 梅先生，翩翩濁世之高士也。觀其清標雅韻，有古君子之風焉。彼華腴綺麗，烏能辱之哉！以故天下人士景愛慕仰，豈盧也耶！[26]

26　王冕晚年（乙未年，即1355年）作「照水古梅軸」，右上方自題〈梅先生傳〉。收入壽勤澤點校，《王冕集》，頁278。

誠如其所述，則吳敬梓筆下的「王冕」，是否更加契
合王冕的自我形象呢？果真如此，豈非印證了西哲
亞里士多德所説的「詩比歷史擁有更為普遍真實的意
涵」？！[27]

初刊於2016年9月。撰寫過程中，受到林勝彩博士的協
助，並與黃元意同學有所討論，特此致謝。

27　Aristotle, *Poetics, in The Complete Works of Aristotle: The Revised Oxford Translation*, ed. Jonathan Barnes (Princeton: Princeton University Press, 1995), vol. 2, p. 2323.

兩難的抉擇：
王國維的哲學時刻

　　王國維（1877–1927）乃是近代中國學人接觸西方哲學的急先鋒，他與西方哲學的碰撞，常為後人所津津樂道，並且受到甚高的評價。[1] 但最後的結局似乎以一場「挫折、誤解、追悔」落幕，且從此在他腦海裏銷聲匿跡。果真如此嗎？則是拙文所擬探索的謎團。

　　王國維之所以值得大筆特書，主要因為當時中國的青年中有志於外國學問者，無非著眼於自然及實用

1　蔡元培，〈五十年來中國之哲學〉（1923），收入孫常煒編，《蔡元培先生全集》（台北：台灣商務印書館，1977），頁 547–552。蔡元培即稱讚王氏「對於哲學的觀察，也不是同時人所能及的。」

「哲學專攻者」王國維

的學科，在社會科學也僅止於政治與經濟學等，而意
圖研究西洋哲學則屬鳳毛麟角。其實，王氏對本身學
術的定位了然於心，他說：

> 同治及光緒初年之留學歐美者，皆以海軍製造為
> 主，其次法律而已，以純粹科學專其家者，獨無
> 所聞。其稍有哲學之興味如嚴復氏者，亦只以餘
> 力及之，其能接歐人深邃偉大之思想者，吾決其
> 必無也。[2]

其自負蓋如此。王國維對西方近代哲學，並非淺嘗即
止，他甚至在其主編的《教育世界》（第129號，1906年7
月）的封面上，標榜為「哲學專攻者」，顯現該時他學術
上自我的期許。而後在滯日期間，當日本學者狩野直
喜（1868–1947）與他語及西洋哲學，王氏「總是苦笑著

2　王國維，〈論近年之學術界〉，謝維揚、房鑫亮主編，《王國維全集》
　　（杭州：浙江教育出版社、廣州：廣東教育出版社，2009），卷一，
　　頁124。

說他不懂，一直避開這個話題。」[3] 相隔未久，為何王氏有如此截然不同的變化呢？

　　首先，必得先釐清王氏「哲學時刻」的起迄點。據《靜安文集》的〈自序〉云：王氏研究哲學，始於辛丑、壬寅（1901–1902）之間。[4] 日本友人狩野直喜的追憶之詞，恰透露了當時王氏業師藤田豐八（1869–1929）對王國維的期許。他在明治三十四年（1901），在上海見著藤田，而後者對其有如是的評價：「頭腦極明晰，且擅長日文，英語也很不錯，對研究西洋哲學深感興趣，前途令人矚目。」[5] 但王氏始接觸西方哲學，則早於此。緣二十二歲（1899）王氏至《時務報》工作，並於

3　按，狩野直喜乃是王氏老師藤田豐八在東京帝國大學文科大學漢學科同學。狩野直喜，〈回憶王靜安君〉，收入《王國維全集》，卷二十，附錄，頁372。

4　王國維，〈靜安文集・自序〉（1905），《王國維全集》，卷一，頁3。

5　狩野直喜，〈回憶王靜安君〉，《王國維全集》，卷二十，附錄，頁369。

羅振玉（1866–1940）所創「東文學社」進修，社中日本
教師藤田豐八和田岡佐代治（即田岡嶺雲，1870–1912）
二君故治哲學，因受其啟迪。王氏稱：一日適見田岡
君的文集中有引汗德（今譯「康德」）、叔本華（Arthur
Schopenhauer, 1788–1860）之哲學者，遂心生喜歡。然
而當時王氏自認因文字睽隔，終身無有讀二氏之書之
日。他在東文學社勤讀日文，兼及英文，之後赴日本
遊學，雖不數月，即因疾告歸。但其外語（英文、日
文）卻愈加精進，成為日後研讀西方哲學的利器。

　　迥異於「新民子」的梁啟超（1873–1929）或一心追
求「富國強民」的嚴復（1854–1921），王國維自始即關
注人類普遍的境遇與精神狀態，誠如他初次（1902）自
東瀛歸來的供言：之所以從事哲學的緣由，蓋「體素
羸弱，性復憂鬱，人生之問題，日往復於吾前。」[6] 自

6　王國維，〈自序〉（1907），《王國維全集》，卷十四，頁119。

是，王氏始決於從事於哲學，[7] 進入他所謂「獨學之時代」。按，王氏之謂「獨學時代」，乃是意指他脫離正當學制，獨自學習摸索之義；因該時讀書的指導者猶是藤田氏。[8] 所以王氏的哲學探索跨越了東文學社及遊學日本歸來，迄 1907 年左右。

　　於王國維悉心追求西方哲學的時段，他不僅刊佈了諸多哲學的論述，也旁及教育體制的改革。其故便是：當時清廷鑒於外力日迫，不得已進行教育改革，企圖從基礎作起救國強民的事業。而該時負責教育大政的執事者，毋論張百熙（1847–1907）的「壬寅學制」（1902）或張之洞（1837–1909）的「癸卯學制」（1903），均將「哲學」一門排除於外，遂引起哲學的愛好者王國維大大的不滿。

7　同上，頁 119–120。

8　1904 年藤田豐八受聘為蘇州師範學堂的監督，而王氏則同時任教該校，閒時仍從其問學。

　　要之，從晚清學制的設計觀來，毋論新制的「壬寅學制」或「癸卯學制」，均本諸「中體西用」的基本精神。當時《欽定京師大學堂章程》(1902)的「全學綱領」即尤重德育教育，它強調：

> 中國聖經垂訓以倫常道德為先，⋯⋯今無論京外大小學堂於修身倫理一門，視他學科更宜注意，為培植人才之始基。[9]

觀此，「修身倫理」一門在「壬寅學制」實為德育的首腦。惟此一優勢，次年即為守舊的張之洞所壓抑。

　　張氏素重經學，其所主事的「癸卯學制」，以「讀經、講經」作為德育的主帥，而凌駕「倫理」一門。他認為：

> 外國學堂有宗教一門。中國之經書，即是中國之

9　〈欽定京師大學堂章程〉，舒新城編，《中國近代教育史資料》(北京：人民教育出版社，1985)，中冊，頁544。

宗教。若學堂不讀經書，則是堯舜禹湯文武周公
孔子之道，所謂三綱五常者盡行廢絕，中國必不
能立國矣！[10]

職是，他規定中、小學堂宜注重讀經，以存聖教；並
在大學堂、通儒院加設經學為專科。

爾後，復有官員加入反彈的行列，上疏反對「大學
堂」設「倫理學」一門，其所持理由不外：「倫理學專尚
空談，無裨政學實際，復又重金延聘東洋教習，未免
糜費；故應予裁撤，以撙節費用，以趨正學。」[11] 其間
雖有王國維力持異議，[12] 卻緣人微言輕，無法改變既定
的學制 (癸卯)。

---

10 〈重訂學堂章程摺〉，舒新城編，《中國近代教育史資料》，上冊，頁200。

11 〈翰林院代奏編修許鄧起樞條陳釐訂學務摺〉(光緒三十一年〔1905〕)，
　　《學部官報》1 (台北：國立故宮博物院，1980)，頁8下。

12 王國維曾數次撰文，反對以經學領銜的學制。最著名的為〈奏定經學
　　科大學文學科大學章程書後〉(1906)，收入《王國維全集》，卷十四，
　　頁32–40。

　　新制的教育體系裏,「倫理」一門的位階容有升
降,但其作為學習知識的合法性已漸鞏固。按,當時
甫重議立的京師大學堂,負責統籌全國教育事務,並
規劃課程。於「中學堂」以上首列「倫理」一門,「中學
堂」以下則有「修身」課程。[13] 迄「癸卯學制」,「中學堂」
以上,則改稱「人倫道德」,「中學堂」以降仍維持「修
身」之名。[14]

　　王國維之所以關切教育體制的更革,適與其任教
通州(1903)和蘇州(1904–1906)兩地的師範學堂,密
切相關。[15] 此時復是王氏戮力探索西方哲學的時刻,

13　〈欽定小學堂章程〉、〈欽定中學堂章程〉,規定有「修身」一門;〈欽定
　　高等學堂章程〉則稱「倫理」學科。以上參見舒新城編,《中國近代教
　　育史資料》,中冊。

14　〈奏定高等學堂章程〉、〈奏定優級師範學堂章程〉,舒新城編,《中國
　　近代教育史資料》,中冊。

15　王國維原著,佛雛校輯,《王國維哲學美學論文輯佚》(上海:華東師
　　範大學出版社,1993),「附錄:王國維與江蘇兩所『師範學堂』」,頁
　　396–397。

而他在校擔當的課程之中正有「修身」一門。照課綱規定，不外本諸固有儒家的經典，若摘講陳宏謀（1696–1771）的《五種遺規》，且應「恪遵經訓，闡發要義，萬不可稍悖其旨，創為異說。」[16] 但王氏卻出人意表，挾以西學，融通中外，時創新說，而為學員心悅誠服。加上羅振玉囑他協辦《教育世界》（1902），適時為他頻頻抒發其時哲學探索提供了極方便的平台。[17]

　　王氏針對該時教育改制獨缺「哲學」一事，深致不滿，遂訴諸他首發的哲學文章——〈哲學辨惑〉。他力辯：哲學非無益之學，並且亟撇清哲學為民權張目的疑慮，以袪除當局的顧忌；況且哲學原為中國固有之學，而中國現時研究哲學有其必要，並倡導以研究西

16　陳宏謀乃雍正元年（1723）進士。〈奏定初級師範學堂章程〉，舒新城編，《中國近代教育史資料》，中冊，頁667–668。

17　《教育世界》乃是羅振玉創刊於1901年4月，王國維協助編譯；1904年王氏始任主編，1907年12月停刊。陳鴻祥，〈敘說〉，《王國維與近代東西學人》（天津：天津古籍出版社，1990），頁5–14。

洋哲學以彌補中國哲學的不足。因為前者「系統燦然，步伐嚴整」，為未來中國哲學的發展，定有所借鑒。[18] 這篇初試啼聲之作，即為之後1906年〈奏定經學科大學文學科大學章程書後〉所本。後者則明白主張將「理學」（王氏當時權以「理學」稱「哲學」）一科直接納入大學的分科。[19]

其實如前所述，王國維之接觸哲學純係偶然。他與康德哲學四回搏鬥的故事，學界早已耳熟能詳，最後他係通過叔本華的闡釋，方得其要旨。[20] 然而於此之前，王氏卻不能說全然陌生康德的思想。例如：他業已涉獵過新康德主義西南學派（Baden school）文特爾彭

18　王國維，〈哲學辨惑〉（1903年6月），收入《王國維全集》，卷十四，頁6–9。

19　王國維，〈奏定經學科大學文學科大學章程書後〉（1906），《王國維全集》，卷十四，頁32–40。王氏該文乃旨在批評光緒二十九年（1903）〈奏定大學堂章程〉的不是。試比較〈奏定大學堂章程〉，舒新城編，《中國近代教育史資料》，中冊，頁572–625。

20　王國維，〈自序〉（1907），《王國維全集》，卷十四，頁120。

（Wilhelm Windelband, 1848–1915）的《哲學史》，[21] 且迻
譯過日本康德專家——桑木嚴翼（1874–1946）的《哲學
概論》等，[22] 這些文本均有不小篇幅論及康德的哲學。
可能情況大約是：王氏固然於康德的論旨略有所悉，
但於康德文本本身繁複的論證程序，似一時難以掌
握。[23] 但整體而言，王氏對德意志觀念論的認識，是假
道當時日本學界。[24] 要知，日本學界接受德國哲學頗早
於中國，其時康德與叔本華思想漸次風行。這恰提供
了王國維兩位日本老師為何獨鍾於二氏的背景。

21　同上。王氏讀的便是這個1901年的英譯改本，Wilhelm Windelband, *A
　　History of Philosophy*, trans. James H. Tufts (New York: Macmillan, 1901), 2
　　vols. 第二冊的 Part VI 即攸關康德哲學及其後續發展。

22　桑木嚴翼著，王國維譯，《哲學概論》，收入《王國維全集》，卷十七，
　　頁127–303。桑木著有《康德與現代哲學》，余又蓀譯（台北：台灣商務
　　印書館，1968）。

23　分析哲學的健將普南教授便曾在哈佛的課堂上說過：「康德乃是西方哲
　　學史三位最難理解的哲學家之一」，遑論處於接觸異文化初期的王國維。

24　S. J. Gino K. Piovesana著，江日新譯，《日本近代哲學思想史》（台北：
　　東大圖書股份有限公司，1989），第二章至第三章。

　　有了上述的時空背景，便能了解他為何在這段時期撰寫了諸多攸關哲學的文本，以及迻譯相關的西哲論述，若西額惟克（Henry Sidgwick, 1838–1900）的《西洋倫理學史要》（*Outline of the History of Ethics*）等。[25] 要之，評估王國維對西洋哲學的理解，並非拙文的要點；較具意義的是，一窺王氏如何根據他所接受的哲學，運用至其刻意選擇的中國文化議題之上。

　　概言之，康德的「批判哲學」（critical philosophy）素被視為西方哲學的「哥白尼革命」（Copernican Revolution）。[26] 將原本被奉為一種基本及普遍論說的形上學（metaphysics），轉化為一種「認識論」（epistemology）

25　連載於《教育世界》，1903年由世界教育社印行。收入《王國維全集》第十八卷。又，樸阿海特（John Henry Muirhead, 1855–1940）的《倫理學概論》（*The Elements of Ethics*），1905年6月至7月刊於《教育世界》。

26　Ermanno Bencivenga, *Kant's Copernican Revolution* (Oxford: Oxford University Press, 1987). Cf. Norman Kemp Smith, *A Commentary to Kant's Critique of Pure Reason* (New York: Humanities Press, 1962), pp. 18–19, 22–25.

康德

的利器，並超脫傳統形上學本體論的形式。[27] 這一點王國維深得三昧，例如他曾斷言：「彼（汗德）憬然於形而上學之不可能，而欲以知識論易形而上學。」[28] 在重新闡釋及評估傳統中國哲學議題上，他發揮得淋漓盡致。例如：他取法康德的「批判哲學」，以「先天辯證法」（transcendental dialectic）的技巧，解消了傳統中國哲學的命題。[29] 於是，他特別擷取中國哲學論述最多的三個

27　Immanuel Kant, *Critique of Pure Reason*, trans. and ed. Paul Guyer and Allen W. Wood (Cambridge: Cambridge University Press, 1997), pp. 110, 113. Cf. Pirmin Stekeler-Weithofer, "Metaphysics and Critique of Metaphysics," in *The Oxford Handbook of German Philosophy in the Nineteenth Century*, ed. Michael N. Forster and Kristin Gjesdal (Oxford: Oxford University Press, 2015), pp. 569–575.

28　王國維，〈叔本華之哲學及其教育學說〉，收入《王國維全集》，卷一，頁35。

29　Immanuel Kant, *Critique of Pure Reason*, Division Two: "Transcendental Dialectic." Cf. S. Körner, *Kant* (Harmondsworth: Penguin Books, 1977), Ch. 5, "The Illusions of Metaphysics," pp. 105–126; and Karl Ameriks, "The Critique of Metaphysics: Kant and Traditional Ontology," in *The Cambridge Companion to*

（轉下頁）

概念:「性」、「理」、「命」,予以別出心裁的闡述,而成就了〈論性〉、〈釋理〉、〈原命〉三種不同凡響的文本。[30]
在〈釋理〉一篇,他說:

> 以「理」為有形而上學之意義者,與《周易》及畢達哥拉斯派以「數」為有形而上學之意義同。自今日視之,不過一幻影而已矣。[31]

在〈論性〉中,他復推衍道:

> 至執性善性惡之一元論者,當其就性言性時,以性為吾人不可經驗之一物故,故皆得而持其說。然欲

(接上頁)

Kant, ed. Paul Guyer (Cambridge: Cambridge University Press, 1992), Ch. 8, pp. 249-279. 攻關康德此點專技的論證則見 Jonathan Bennett, *Kant's Dialectic* (Cambridge: Cambridge University Press, 1977)。

30　王國維,〈論性〉(1904)、〈釋理〉(1904)、〈原命〉(1906),分別收錄於《王國維全集》,卷一,頁4–17;卷一,頁18–33;卷十四,頁58–63。

31　王國維,〈釋理〉(1904),《王國維全集》,卷一,頁27。

以之説明經驗，或應用於修身之事業，則矛盾即
隨之而起。[32]

顯然他所持的高見，乃係得自康德的教誨──切勿
混淆「形上」與「經驗」不同範疇的論述。職是他特為
表之，使後之學者勿徒為此「無益之議論」。[33] 這在當
時均是石破天驚的立論。惟得一提的是，王國維於
〈三十自序〉裏，毫不諱言，嘗因讀《純粹理性批判》
(*Critique of Pure Reason*)至「先天分析論」(transcendental
analytic)，無法卒讀，遂得中輟。[34] 可是在〈論性〉等幾

32　王國維，〈論性〉(1904)，《王國維全集》，卷一，頁17。

33　按，康德的「先天辯證法」本來的意旨即在揭露傳統形上學乃是幻覺
　　的謬思。Cf. P. F. Strawson, *The Bounds of Sense: An Essay on Kant's Critique
　　of Pure Reason* (London: Methuen, 1973), p. 33.

34　王國維始讀康德之《純粹理性批判》的日期，他本人的記載略有出
　　入：據〈靜安文集・自序〉(1905)，乃是1903年春(癸卯春)；然據
　　〈自序〉(1907)，則是1904年。個人判斷應以1903年春為是，蓋原因
　　有二：其一，繫年清楚(癸卯)，距1905年未遠；其二，1904年起，
　　王氏方得陸續刊出攸關康德與叔本華的文章。後得見趙萬里，〈王靜

(轉下頁)

篇近作，他卻能將「先天辯證」的推論運用自如，去解析古典中國的哲學命題，其理解康德哲學的功力顯然不可同日而語。[35]

此外，在〈原命〉一篇，雖然王氏假道康德的議題，但他已能有別於康德，而提出異議，謂「責任」的觀念自有其價值，而不必預設「意志自由論」為羽翼。[36]王氏的意見真確與否無關宏旨，但顯現了他漸獲自信，有所揀擇，不復人云亦云了。之後，王氏竟一度

（接上頁）

安先生年譜〉，收入《王國維全集》卷二十，附錄，頁412。趙氏也案語：「〈自序〉或失之誤記。」蓋不謀而合也，惟理據則不同。

35　請注意拙文所用的康德英譯本並非王國維閱讀的英譯本。"Transcendental analytic"「先天分析論」（或譯「先驗分析論」）乃是《純粹理性批判》第一部分，而 "transcendental dialectic"「先天辯證法」（或譯「先驗辯證法」）才是第二部分。Cf. Immanuel Kant, *Critique of Pure Reason*. 循理說，必得先明瞭「先天分析論」，方能掌握「先天辯證法」的妙處。但也有學者認為「先天分析論」才是全書最難理解的。P. F. Strawson, *The Bounds of Sense: An Essay on Kant's Critique of Pure Reason*, p. 24.

36　王國維，〈原命〉（1906），《王國維全集》，卷十四，頁63。

認為：之所以讀不通康德，乃是康氏其說「不可持處而已。」[37] 前後對照，王氏判若兩人。

　　進而，他取叔本華的人生觀作為立論，闡釋了《紅樓夢》的文學價值與意義，成為近代中國文學批評的先聲。[38] 甚至，叔氏的思想也滲透了王氏詩詞的創作。[39] 後者也影響了他對教育的見解。[40] 王氏對德國觀念論的追蹤下抵尼采（Friedrich Wilhelm Nietzsche, 1844–1900）。而叔本華恰巧作為康德至尼采的橋樑。[41]

37　王國維，〈自序〉（1907），《王國維全集》，卷十四，頁120。

38　王國維，〈紅樓夢評論〉（1904），收入《王國維全集》，卷一，頁54–80。

39　錢鍾書，《談藝錄》（北京：三聯書店，2001），上卷，頁83–92。

40　王國維，〈叔本華之哲學及其教育學說〉，《王國維全集》，卷一，頁34–53。

41　Cf. Sebastian Gardner, "Schopenhauer (1788-1860)," in *The Oxford Handbook of German Philosophy in the Nineteenth Century*, p. 108. 當時日本風行尼采的情況予王氏的影響，可參閱修斌，〈王國維的尼采研究與日本學界之關係〉，《中國海洋大學學報》（社會科學版）2006年第1期，頁72–76。

　　持平而言，王國維的美學觀並非只是照著康德或叔本華依樣畫葫蘆，[42] 就中國傳統藝術的鑒賞，他提出「古雅」的概念，即有別於二氏「優美」(beautiful) 及「宏壯」(sublime) 的分辨，而深具歷史文化意識，委實獨具慧眼，卓有見地。[43]

　　此外，果若王氏的確依循著研讀康德，以思索中國文化相關的議題，這段時期他所刊行的代表作，恰恰透露了他閱讀的軌跡。例如：〈論性〉與〈釋理〉之於《純粹理性批判》；〈原命〉之於《實踐理性批判》(*Critique of Practical Reason*)；最後，〈古雅之在美學上之位置〉一文之於《判斷力批判》(*Critique of Judgment*)。它們所涉的議題均呈現了與「三大批判」一一對應的情況。

42　Immanuel Kant, *Critique of Judgement*, trans. J. H. Bernard (New York: Hafner Press, 1974). 在更早則見諸：Immanuel Kant, *Observations on the Feeling of the Beautiful and Sublime*, trans. John T. Goldthwait (Berkeley: University of California Press, 1960).

43　王國維，〈古雅之在美學上之位置〉(1907)，收入《王國維全集》，卷十四，頁106–111。

　　錢鍾書（1910–1998）稱譽王氏「論述西方哲學，本
色當行，弁冕時輩。」[44] 蓋非過譽之虛詞。王氏攻堅康
德哲學，直接苦讀康德著作的工夫，[45] 自然讓他看輕該
時梁啟超便宜假道日籍，評介康德的泛泛之談。[46] 他
不諱言道：「如《新民叢報》中之汗德哲學，其紕繆十且
八九也。」[47] 行文意指梁氏至為顯然。尤有進之，他竟
致庇議當時翻譯名家辜鴻銘（1857–1928）迻譯的文本，

44　錢鍾書，《談藝錄》，上卷，頁84。

45　王國維除了日文、英文，尚懂德文。他所閱讀的康德著作主要為英
　　譯本和日譯本，但也不能全然排除有參考德文原著的可能。參閱姜
　　高夫，〈憶清華國學研究院〉，收入《王國維全集》，卷二十，附錄，
　　頁365–366。高山杉，〈王國維舊藏西方哲學書十種〉，《南方都市報》
　　2015年7月19日。

46　試比較梁啟超，〈近世第一大哲康德之學說〉（1903），收入《飲冰室
　　文集》（台北：台灣中華書局，1960），第三冊，頁42–66。較持允的
　　看法則參閱賀麟，《五十年來的中國哲學》（上海：上海人民出版社，
　　2012），附錄，〈康德、黑格爾哲學在中國的傳播〉，頁98–103。稱許
　　梁啟超為康德哲學在中國最早的傳播者和鼓吹者。

47　王國維，〈論近年之學術界〉，《王國維全集》，卷一，頁123。

而譏斥「譯者不深於哲學」，深奧的康德哲學尤非其所長。[48] 而康有為（1858–1927）、譚嗣同（1865–1898）功利的政治觀與幻稊的形上學，更在他的譏刺之列。[49]

於此，王國維心目中的哲學需得略加解析。他執著「純粹之哲學」，而視其他哲學為雜糅之學。他曾抨擊名重一時的嚴復「所奉者，英吉利之功利論及進化論之哲學耳，其興味之所存，不存於純粹哲學」，[50] 故難登大雅之堂。王氏主張知識之最高滿足，必求諸哲學。他拳拳服膺叔本華的理念，謂「人為形上學的動物，而有形上學的需要。」[51] 故奉叔本華的形上學為「純

48　王國維，〈書辜氏湯生英譯中庸後〉（1906），收入《王國維全集》，卷十四，頁71–83。二十年後，王國維自省「此文對辜君批評頗酷，少年習氣，殊堪自哂。」

49　王國維，〈論近年之學術〉，《王國維全集》，卷一，頁122–123。

50　同上，頁122。

51　Arthur Schopenhauer, *The World as Will and Representation*, trans. E. F. F. Payne (New York: Dover, 1966), Vol. II, Ch. XVII, "On Man's Need for Metaphysics," pp. 160–187.

粹哲學」的典範。並以哲學為「無用之學」,方堪與唯美
的藝術相比擬,同為人類文化至高的結晶。[52] 他且感嘆
中國故「無純粹之哲學,其最完備者,唯道德哲學與政
治哲學耳。」[53] 職是之故,梁啟超和嚴復輩汲汲於追求
經世致用之學,自是為他所不屑。他直言:「欲學術之
發達,必視學術為目的,而不視為手段而後可。」[54] 而
國人「為學術自己故而研究之者」,且不及千分之一。[55]

52　王國維,〈奏定經學科大學文學科大學章程書後〉,《王國維全集》,
　　卷十四,頁34。

53　王國維,〈論哲學家與美術家之天職〉,收入《王國維全集》,卷一,頁
　　132。

54　王國維,〈論近年之學術界〉,《王國維全集》,卷一,頁123。顯然
　　此語改造自康德的倫理學的格言:「當視人人為一目的,不可視為手
　　段。」Immanuel Kant, "On a Supposed Right to Lie from Altruistic Motive,"
　　in his *Critique of Practical Reason and Other Writings in Moral Philosophy*, trans.
　　and ed. Lewis White Beck (Chicago: University of Chicago Press, 1949), pp.
　　346–350.

55　王國維,〈教育小言十則〉(1907),收入《王國維全集》,卷十四,頁
　　123。

　　王氏的〈紅樓夢評論〉雖以叔本華的人生哲學為立論，但在第四章卻提出「絕大之疑問」；他質疑叔本華之說「半出於其主觀的氣質，而無關於客觀的知識。」[56] 而於〈書叔本華遺傳說後〉一文中，復大肆抨擊「叔氏之說之不足恃，不特與歷史上之事實相反對而已」，且「非由其哲學演繹」所得。[57] 其不滿之情宣洩無遺。對照早些時他對叔本華思想擬「奉以終身」無比的崇拜，[58] 判然兩樣，此不啻埋下日後告別哲學的伏筆了。

　　1907 年 7 月，王氏撰有一文，仿若「告別哲學」的前奏。他坦承疲於哲學有時，因為哲學上之說「大都可愛者不可信，可信者不可愛。」依王氏所言，所謂

56　王國維，〈靜安文集・自序〉(1905)，《王國維全集》，卷一，頁 3；又見〈紅樓夢評論〉，前引書，卷一，第四章：《紅樓夢》之倫理學上之價值，頁 69–75；〈叔本華與尼采〉，前引書，卷一，頁 81–95。

57　王國維，〈書叔本華遺傳說後〉，收入《王國維全集》，卷一，頁 109。

58　王氏在其 1903 年 9 月所作〈叔本華像贊〉，至謂「公雖云亡，公書則存，願言千復，奉以終身。」氏著，〈叔本華像贊〉，收入《王國維全集》，卷十四，頁 13。

「可愛者」，便是「偉大之形上學、高嚴之倫理學與純粹之美學」，而「可信者」則是「知識論上之實證論、倫理學上之快樂論與美學上之經驗論。」[59] 析言之，在哲學上，便是德意志觀念論（Idealism）與英國經驗論（Empiricism）的對壘，而王國維的思維恰巧拉扯在二者之間。他不諱言自己酷嗜乃是前者，但求其可信者則在後者。他坦承「知其可信而不能愛，覺其可愛而不能信」，[60] 乃是近二、三年中最大之煩悶。王國維復對近年西方哲學的發展感到失望，他舉德國芬德（W. Wundt, 1832–1920）和英國的斯賓賽爾（H. Spencer, 1820–1903）為例，「但集科學之成果或古人之說，而綜合之、修正之耳，此皆第二流之作者，又皆所謂可信而不可愛者也。」雖謂「哲學家」，實則「哲學史家」罷了。循此，王氏忖度，以個人的才性和努力至多也只

59　王國維，〈自序〉（1907），《王國維全集》，卷十四，頁121。

60　同上。

能成就一個「哲學史家」，而「哲學家」則不能，是故頗覺沮喪。可是他猶未絕望。[61]

　　要之，王氏自覺個人的稟性「欲為哲學家，則感情苦多而知力苦寡；欲為詩人，則又苦感情寡而理性多。」[62] 顯然自相矛盾。他雖有如是自我的反思，但猶未絕情於哲學和文學。依其1907年7月〈自序〉的文末，王氏猶抱一絲的寄望，祈求老天賜予「深湛之思，創造之力」，俾便「積畢生之力，安知於哲學上不有所得，而於文學上不終有成功之一日乎？」[63] 觀此，王氏尚亟盼求得兩全其美。因是於詩詞的創作之餘，他擬從事第四次，也是最後一回攻讀康德哲學。

61　王國維，〈自序二〉(1907)，《王國維全集》，卷十四，頁121–122。王國維自我的評估卻不幸成為之後中國哲學發展的預言。賀麟即說，近五十中國哲學的發展非原創性的哲學。參見賀麟，《五十年來的中國哲學》，頁103。又，蔡元培，〈五十年來之中國哲學〉，孫常煒編，《蔡元培先生全集》，頁544。

62　王國維，〈自序〉(1907)，《王國維全集》，卷十四，頁121。

63　王國維，〈自序二〉(1907)，《王國維全集》，卷十四，頁122。

　　有趣的是，當王國維彷徨於「哲學」與「文學」兩條分歧的岔路時，他並未像詩人佛洛斯特（Robert Frost, 1874–1963）選擇了一條人跡罕至的荒蕪之路，而是另闢蹊徑，日後成為他人追踵的坦途──經史研究。

　　原來事情的發展，並未從王氏所願。真正對哲學的致命一擊與意向的驟變，尚俟羅振玉的介入與勸導。然由攻讀西洋哲學跳躍至羅氏建議的經史研究，王氏尚有一段文學創作的過渡時期穿梭其間。本來王氏每逢苦悶之際，便以作詩填詞排遣胸懷，為此，他個人頗感自得。惟後人於其文學創作的價值，評價容或不一。但於其文學研究的成果，卻眾口一詞，交相稱譽。蓋王氏創作之外，依然不改其學者習性，勤於搜集前人所忽略的素材，經考察、爬梳、闡釋文學史為人所忽視的文類。前後撰成《人間詞話》（1908）和《宋元戲曲史》（1913）兩部開山之作。《人間詞話》別開生面，拋出「境界說」，奠定了中國文學批評獨特的新視野，令人一新耳目；《宋元戲曲史》則披荊斬棘，

探索前人未曾走過的處女地。二者均擲地有聲，影響
深遠。惟一旦他移情專注經史研究，便絕口不復談此
藝。[64] 一若它時放棄西學般，便不惜「以今日之我，非
昨日之我」，其驟變、斬決的態度如是。

　　必須點出的是，沉浸西學時刻的王國維，取徑西
學所引發的立論，動輒與固有思想有所出入，舉凡他
所引述的思想：「哲學乃無用之學」，之於儒家「淑世
有為」、[65] 「文學乃遊戲的事業」，之於陳腐的「文以載
道」、[66] 視悲劇價值遠高於傳統創作的「和諧團圓」，[67] 甚
至大膽綜評：「以東方古文學之國，而最高之文學無一

64　王德毅，《王國維年譜（增訂版）》（台北：蘭台出版社，2013），卷
　　上，頁68–70、92–93。

65　王國維，〈論哲學家與美術家之天職〉，《王國維全集》，卷一，頁
　　131。

66　王國維，〈文學小言〉(1906)，收入《王國維全集》，卷十四，頁
　　92–93。

67　王國維，〈紅樓夢評論〉，《王國維全集》，卷一，頁65–69。

足以與西歐匹者。」[68] 均是警世駭俗之論，世人為之矚目。要之，王氏毋乃意在再造文明，而非匯通中西。即便他後來在《國學叢刊序》中提出「學無新舊、無中西、無有用無用」，[69] 其底蘊著重在開展新時代的風氣，以打破保守、怠變之習，而非意在調和新舊、中西之學。

　　另舉「翻譯」事例，以概其餘。緣清末西洋文化長驅直入中國，新名詞，包括洋譯名和日譯名蜂擁而至；哲學一門尤是如此。五花八門的新名詞，令閱讀群眾目眩神迷，難以適應，因是衛道之志憂心忡忡，連一度是激進分子的劉師培 (1884–1919) 皆掛心新名詞的輸入，將導致民德墮落，[70] 遑論教育的當權者張之洞

68　王國維，〈文學小言〉(1906)，《王國維全集》，卷十四，頁96。

69　王國維，〈國學叢刊序〉(1911)，收入《王國維全集》，卷十四，頁129。

70　劉師培，〈論新名詞輸入與民德墮落之關係〉(1906)，收入萬仕國輯校，《劉申叔遺書補遺》(揚州：廣陵書社，2008)，頁457–458。

之輩。王國維則對「新名詞」的湧入，保持開放歡迎的態度。他言道：

> 言語者，思想之代表也，故新思想之輸入，即新言語輸入之意味。[71]

然而，他對國人譯名頗有意見，例如嚴復的中文譯名若「天演」（evolution）、「善相感」（sympathy），則頗致微詞。[72] 蓋他認為日譯名因群策群力，比起單打獨鬥的中譯名更加精湛審慎，無妨多予接納。王氏確言之有故，蓋近代日本接受西洋人文學的知識比起中國更為積極，例如：史學方面，日方於1887年即延聘蘭克關門弟子律斯（Ludwig Riess, 1861–1928）至本土，直接傳授日爾曼史學近十五年；哲學一門，洋人更是絡繹於途，接踵而至。1887年康德學專家布塞（Ludwig

---

71　王國維，〈論新學語之輸入〉，收入《王國維全集》，卷一，頁127。

72　同上，頁126–130。

Busse, 1862–1907），也親自執教東京大學哲學科五
年。因此容易形成群聚的加乘效果，以翻譯事業而
言，當時的中國只有瞠乎其後。

原來辛亥革命（1911）之後，他隨羅振玉再次避居
東瀛，寄居京都，達五年之久。緣受羅氏大力規勸，
轉而改治經史之學，王氏遂自慊以前所學未醇，乃取行
篋中《靜安文集》百餘冊，悉加燒毀。[73] 按，《靜安文集》
乃是王氏親手底定的文稿，收集了他近年研讀西洋哲學
的心得，並運用至中國學問的實驗成果，再附上為數不
多的詩作。然而一旦他幡然醒悟，竟至棄之如敝屣，改
變不可謂不大，而將《文集》焚毀不啻宣示其破釜沉舟
的決心。之後，王氏乃盡棄前學，為學判若兩樣。

惟個人揣測王國維在1911年再次東渡日本，固然
經羅振玉的規勸，方才改弦更張，毅然步上研究國學

73　羅振玉，〈海寧王忠慤公傳〉，收入《王國維全集》，卷二十，附錄，頁
228–229。

一途。但在此之前，他恐尚未放棄追尋西方哲理的念頭；否則他斷不會不辭舟車勞頓，將那些攸關哲學的洋書，隨身攜至東瀛，並暫存放京都大學圖書館。[74]然而一旦王氏旅日既久，以他的聰明才智和求知的熱忱，不歇時便會知曉其時日本西方哲學研究的水平遠非他所及；[75]而在知己知彼之後，果要在治學上出類拔萃，善盡己之長，「返歸國學」不失為正確的抉擇。

74　新村出，〈海寧的王靜安君〉，收入陳平原、王風編，《追憶王國維》（北京：三聯書店，2009），頁316。王國維所寄託的數十冊洋書，包括有康德、叔本華等的著作，一度存於王氏寓居京都的家中。又見青木正兒，〈追憶與王靜庵先生的初次會面〉，收入《王國維全集》，卷二十，附錄，頁400。

75　日本哲學界該時不止已邁入新康德主義的階段了，而且進入西哲百家爭鳴的狀況。西方的新康德主義請參閱：Thomas E. Willey, *Back to Kant: The Revival of Kantianism in German Social and Historical Thought, 1860–1914* (Detroit: Wayne State University Press, 1978)。實言之，王國維個人所掌握的康德哲學相較於該時日本整體哲學界乃瞠乎其後。參較牧野英二著，廖欽彬譯，〈日本的康德研究史與今日的課題（1863–1945）〉，收入李明輝編，《康德哲學在東亞》（台北：國立台灣大學出版中心，2016），頁85–115。

　　總之，王國維的哲學工作或許僅止於此一階段，固然有其時代的意義，但真正影響及日後學術的發展，卻是他接受西方史學以及接軌國際漢學的機緣。居中最關鍵的人物，不外是其業師藤田豐八和一路栽培他的羅振玉。

　　王國維之接受蘭克史學 (Rankean historiography)，蓋經由藤田的薰陶。藤田畢業於東京大學，該時恰是蘭克關門弟子律斯赴日執教的時候，藤田一輩的漢學家不少受教於他，而受到蘭克史學的洗禮。這同時是近代日本史學轉化的契機。[76] 尤其當時日本「東洋史」的研究傾向，乃是向西方請益，而非向中國學習。[77] 而

76　Jiro Numata, "Shigeno Yasutsugu and the Modern Tokyo Tradition of Historical Writing," in *Historians of China and Japan*, ed. W. G. Beasley and E. G. Pulleyblank (London: Oxford University Press, 1971), pp. 278–279.

77　永原慶二著，王新生等譯，《20世紀日本歷史學》(北京：北京大學出版社，2014)，頁47。

王氏最初認識蘭克史學，也是因為藤田囑其代為寫序之故。[78]

　　簡之，蘭克史學對日本或中國「新史學」的啟示，最重要的無非是重視「原始史料」與史料的「系統」性而已。[79] 這點在藤田或王國維的史學實踐發揮的鞭辟入裏。王氏就曾對藤田氏攸關中國古代棉花業的分析稱譽備至，其優點便是善用許多吾輩不能利用的材料，而引為己方憾事。[80] 要知王國維的學術生涯乃始自研究西洋哲學，因此縱使有接觸蘭克史學，其影響一時並不顯豁。惟一旦他跨入文史領域，其作用則立竿見

78　王國維，〈東洋史要序〉(1899)，收入《王國維全集》，卷十四，頁 2-3；又，前書收有王氏〈歐羅巴史序〉(1901)，《王國維全集》，卷十四，頁 3-4。

79　請參閱拙著〈中國近代史學的雙重危機：試論「新史學」的誕生及其所面臨的困境〉，收入《後現代主義與史學研究》(北京：三聯書店，2008)，頁 217-255。

80　〈致羅振玉〉(1925 年年底)，房鑫亮編校，《王國維書信日記》(杭州：浙江教育出版社，2015)，頁 454。

影。例如：他在準備《宋元戲曲史》之前，則先大量廣
搜材料，編纂了《宋大曲考》、《優語錄》、《戲曲考源》
和《錄曲餘談》（1909）等，[81] 這或可視為蘭克史學典型
的進路。

　　另方面，即便王氏為中國古史研究提出兼顧「紙
上史料」與「地下材料」的「二重證據」法，[82] 究其實，考
古學之所以引起他研究的重視，全因為文字材料發現
豐富。[83] 這恰恰呼應了他一貫所主張的：「古來新學問
起，大都由於新發見（的材料）。」[84] 然而不容諱言地，

81　趙萬里，〈王靜安先生年譜〉，《王國維全集》，卷二十，附錄，頁
　　421。

82　王國維，〈古史新證〉，收入《王國維全集》，卷十一，頁241–243。

83　舉其例，若安陽之甲骨文、敦煌之漢魏簡牘，千佛洞之唐宋典籍以
　　及金石文字等。殷南（馬衡），〈我所知道的王靜安先生〉，收入《王國
　　維全集》，卷二十，附錄，頁266。

84　王國維，〈最近二三十年中中國新發見之學問〉，收入《王國維全
　　集》，卷十四，頁239。

王氏卻依舊未得超越蘭克拘泥於「文字材料」的專注，而達臻近代考古學的水平。[85]

　　王國維步上國際漢學的另一引導者，正是羅振玉。其佐證之一，便是他少時素不喜《十三經注疏》，[86] 甫受新潮洗禮，即馳騁西學，遊騎無歸。此時卻因羅氏規勸他「專研國學」，遂幡然一改舊習，盡棄所學；[87] 隨羅氏請益小學訓詁之事，並勤研《十三經注疏》，打下日後董理國學縶實的底子。[88] 這雖讓他得以領會並承接有清一代的學術，卻仍不足以盡道其日後絕大成

85　這方面，猶俟之後的傅斯年又往前推進一步，正視考古遺址於非文字方面的價值與重要性。請比較拙文，〈機構的宣言：重讀傅斯年的《歷史語言研究所工作之旨趣》〉，《復旦學報》(社會科學版) 2017年第5期，頁19–28。

86　王國維，〈自序〉(1907)，《王國維全集》，卷十四，頁118。

87　王國維曾自謂：《十三經注疏》原為兒時所不喜。見〈自序〉(1907)，《王國維全集》，卷十四，頁118。

88　羅振玉，〈海寧王忠慤公傳〉，《王國維全集》，卷二十，附錄，頁228；狩野直喜，〈回憶王靜安君〉，同前書，卷二十，附錄，頁373。

就的底蘊；誠如他胞弟王國華（1886–1979）所言：「先
兄治學之方雖有類於乾嘉諸老，而實非乾嘉諸老所能
範圍。」[89] 又，王氏多年的摯友——金梁（1878–1962），
且進一步稱他「尤善以科學新法理董舊學，其術之精、
識之銳，中外學者莫不稱之。」[90]

　　另有一項因緣亦不容忽視，便是羅氏和藤田
毫不藏私地引薦了王氏與日本與國際漢學界直接切
磋、交流，[91] 讓他接引上即時性的學術議題，一展長
才。[92] 總之，毋論就原創性的見解或開拓嶄新領域兩

89　王國華，〈海寧王靜安先生遺書序〉，收入《王國維全集》，卷二十，
　　附錄，頁216。

90　金梁，〈王忠慤公哀輓錄書後〉，《王國維全集》，卷二十，附錄，頁
　　222。

91　〈致汪康年〉（1899年4月14日），《王國維書信日記》，頁23–24。王
　　氏即早便了解藤田在學術交流的關鍵性。他在1899年致汪康年的
　　信，便指出「其所交遊固皆彼中極有才學之士，若一旦不合……彼中
　　材智皆將裏足不為中國用，此事關係尤非小也。」

92　毋論羅振玉還是王國維，都是在1911年東渡之後，才正式和西方漢
　　學人士多所交流。另見與伯希和（Paul Pelliot, 1878–1945）的交流及其

（轉下頁）

方面，日後王氏均能卓然自成一家之言，而為眾望所
歸。末了，且援引王氏學侶——狩野直喜氏概括王氏
一生為學特色的評論，以作為拙文的結語，他言道：

> 作為一個學者，王君偉大卓越之處，一方面在於
> 凡是中國老一輩大儒纔能做到的事，他都做得
> 到。……可是因為他曾研究過西方的學問，所
> 以在學術研究的方法上比以往的中國大儒更為可
> 靠。換言之，他對西方的科學研究法理解得極透
> 徹，並將之用於研究中國的學問，這是王君作為
> 一個學者的卓越之處。[93]

（接上頁）

影響。〈致羅振玉〉（1919 年 8 月 17 日），《王國維書信日記》，頁 393；
〈致羅振玉〉（1919 年 9 月 2 日），前引書，頁 395–396。

93　狩野直喜，〈回憶王靜安君〉，《王國維全集》，卷二十，附錄，頁
373。按，狩野氏係日本漢學名家，但對本國和中國的古典研究均
表不滿，而有志於學習歐洲的研究法，早期問學甚受蘭克史學的薰
陶。在學術上與王國維時有往來。見江上波夫編著，林慶彰譯，《近
代日本漢學家——東洋學的系譜》（台北：萬卷樓圖書股份有限公
司，2015），頁 71–78。

要之，狩野氏所謂「西方的科學研究法」，意謂者無非是世紀之交被奉為「科學史學」圭臬的蘭克史學。[94] 職是，謂王氏甚受蘭克史學的影響，雖不中亦不遠矣！所以說，西方哲學對王氏的影響是一時的，而西方史學方是恆久的。

初刊於 2019 年 6 月。

---

94 在史學史上，蘭克史學在十九世紀末、二十世紀初葉向被稱為「科學的史學」(scientific history)。請參閱拙文，〈歷史相對論的回顧與檢討：從比爾德 (Beard) 和貝克 (Becker) 談起〉，《歷史主義與歷史理論》(台北：允晨文化事業公司，1992)，頁 161–191。

以序爲書：
評介《朱熹的歷史世界》

「以序為書」在近代學術史，計有兩位：前有梁啟超，今有余英時。

民國九年，梁啟超替蔣百里的《歐洲文藝復興史》作序，下筆不能自已，文成竟與蔣著相埒，遂別刊成冊，此為《清代學術概論》的由來。該書雖屬急就章，但規模宏闊，影響深邃，一時傳為美談。

梁氏在書序裏嘗誇言「天下古今，固無此等序文」，其自豪之情溢於言表。惟意想不及八十年後的余英時竟重歷其境，而有過之，無不及。

《朱熹的歷史世界》係余英時教授自美國普林斯頓大學榮退之後完成的首部鉅著，其著述因緣與梁氏頗

有巧合之處。原來余教授應「德富文教基金會」之託，為《朱子文集》的新標點本作序，結果思緒澎湃，下筆不能自已，稿成千餘頁，都五十萬餘字，擲地有聲。

論才思敏捷，梁氏名著費時僅十五日，而余氏則歷時三載方告殺青，表面上，前者略勝一籌。惟究其實，乃學術積累不同所致。

梁氏固承乾嘉之後，今文緒餘，於有清一代學術如數家珍，故能一氣呵成，了無窒礙。反觀民國以來，「朱子之學」乃名家必爭之地。自張君勱以下，周予同、錢穆、范壽康、陳榮捷諸大賢，甚至包括新儒家的唐君毅、牟宗三均有所著墨；晚一輩的劉述先、陳來、鄭樑生等逢此熱門議題，自不輕易放過；耕耘有年的扶桑學界尤不在話下，例如從老一輩的有田和夫、後藤俊瑞，至諸橋轍次、佐藤仁、間野潛龍，堪稱名家輩出。

近十年，朱學復若雨後春筍，四處冒出，中外著作不下百部。對後起造作者，如何方能推陳出新，脫

穎而出，絕非易事。余教授即捨棄陳說，另闢蹊徑，直接進入朱熹的歷史世界。果不出所料，他獲致不同凡響的成果。

全書粗窺之下，略顯撲朔迷離。該書的結構「序中有序」、「書中有書」，初閱者彷彿踏入無盡寶藏的迷宮。但若明白「知人論世」係余教授撰述本書唯一的指導原則，便不難拾階而上，窺其堂奧了。

所謂「序中有序」，肇因時空異動，故本書二〈序〉並列，雖然詳略有別，咸在撮述著作因緣與論學大要。「書中有書」則是該書尚分〈緒說〉、〈通論〉與〈專論〉三大卷，可各自獨立成篇，復又前後呼應，互為文本。

一代大儒朱熹，生於南宋高宗建炎四年（1130），卒於寧宗慶元六年（1200），享壽七十有一。在中國思想史，他係承先啟後的關鍵人物，而且奠定了爾後八百年的學術規模，其重要性毋庸置疑。可是《朱熹的歷史世界》既非他的生平傳略，亦非他的思想闡釋；觀

其副題卻是「宋代士大夫政治文化的研究」，此似有避重就輕之嫌。其實這正是余教授匠心獨運之處：他詳人所略，略人所詳。

按，朱熹少時即以興起斯文為己任，終其身孜孜不倦，其為學博大精深，經、史、子、集，罔不究心；易言之，他於今日文、史、哲領域均留下了極為豐富可觀的成績，可供後人鑽研。因此向來的研究遂集中於學術層面的探討，這原無可厚非。

相對於學問的成就，朱熹的政績殊不成比例。朱熹的高弟──黃榦，在為其師所撰的〈行狀〉中，總結朱子的從政紀錄時說道：

> （朱子）自筮仕（出仕）以至屬纊（辭世），五十年間，歷事四朝，仕於外者僅九考，立於朝者四十日。道之難行也如此。

關於「立朝四十日」，余教授有極精闢的考辨（詳見該書第十章〈孝宗與理學家〉）。更重要地，黃榦的結語「道

之難行也如此」，適一語道盡朱熹一生政治活動的困頓。而這恰是余教授分析的起始點。

原來就在上述引言之前，〈行狀〉有一段話讀來頗為唐突，黃榦一邊為其師的憂國情懷，見證道：

> 先生平居惓惓，無一念不在於國。聞時政之闕失，則戚然有不豫之色。語及國勢之未振，則感慨以至泣下。

這段話情詞懇切，令人動容；然而黃氏筆鋒突然一轉，復寫道：

> 然（先生）謹難進之禮，則一官之拜，必抗章而力辭；屬易退之節，則一語不合，必奉身而亟去。

要之，朱熹絕非矯情做作之人，然而進退辭受之間，卻如此煞費周章，的確讓人費解。

吾人倘止欲求得浮泛之解，黃榦的說詞信手拈來即可敷衍了事，黃氏不就褒揚其師道：

　　　其事君也，不貶道以求售；其愛民也，不徇俗以
　　　苟安。

可是這終究僅止於讚揚之詞，對理解朱熹行事何以如
此自高自貴，並無太大的助益。

　　為謀徹底解開此一謎團，余教授遂拉長分析的
焦距，將觀察的焦點延伸至北宋。在那段時期，士人
的政治主體意識獲得空前的發展，非但「以天下為己
任」，且有直逼「與君共治天下」的態勢；而正是這種政
治基調的延續，使得南宋理學以道自任，立於參政的
制高點而不墜。

　　理學與政治的關係素來若隱若現，故學界乏人問
津，其中的曲折復非三言兩語可以交代清楚。余教授
於是以本書的大半篇幅，去完成此項披荊斬棘的工作。

　　開宗明義，余教授便釐清了「道統」與「道學」的
糾葛；復假途剖析古文運動與新學、道學的形成，點
出道學家「闢佛」的真相。本書的重頭戲當然是宋代政
治文化的特色，以及「士」的地位；順此而下，自然涉

及黨爭與南宋理學的崛起。其中所涉的學術起伏，例如：北宋儒學的復興、新學與道學的交鋒，與最終朱學的勝利，孔廟從祀制均可從旁佐證。

在剖析的過程中，余教授勝義迭出，譬如考出「國是」的政治運作，為兩宋政治史添寫了嶄新的一頁；另外，上篇理出「道統」、「道學」的原始真義，下篇闡發朱、陸（九淵）「皇極」爭辯的政治涵義，均是道前人所未道。

細言之，「道學」原指「黃老之學」，自宋初始漸取得今義。這與《宋史·道學傳》的論斷：「『道學』之名，古無是也」全然吻合。而「道統」一辭，則遲迄南宋方才出現。記憶所及，朱門後學王柏於跋《道統錄》時，有段話足可印證余氏的分析：

> 道統之名，不見於古而起於近世，故朱子之序《中庸》，拳拳乎道統之不傳，所以憂患天下後世也深矣。[1]

1　《魯齋王文憲公文集》（台北：台灣學生書局，1970），卷一一，頁1上。

　　此外，歷來攸關「皇極」的論辯，若非深陷字義訓詁的泥沼，即是溺於捕風捉影的玄虛之談，而余教授適時的政治詮解，令人豁然開朗，大惑頓解。

　　要知宋明理學的研究，總是留滯在概念層次的論辯，無多新義，而方法陳舊不堪，又早為人詬病。相形之下，余教授結合政治史與文化史的進路，確實耳目一新。而所涵蓋時序之長與範圍之廣，復非西方「新哲學史」（以史基納為代表）所能望其項背。

　　最後姍姍來遲的是書中的主人翁——朱熹，透過他的政治活動，余教授勾勒出理學家彼此聲援的政治網絡。可見理學家「異中有同」，「異」的是學術宗旨，「同」的是政治立場。

　　依據官修《宋史》，宋世內禪者四，南宋居其三。高宗首啟其例，繼之孝宗、光宗，迄寧宗止，一脈相傳，禪讓幾成皇位繼承的慣例，此事頗是蹊蹺。而朱熹的從政生涯亦緣「歷事四朝」，隨之起伏不定。

　　其實，趙氏父子的緝熙而讓，只不過為了掩飾皇

室洶湧的暗流。易言之，皇室的矛盾與外廷的黨爭，恰恰組成南宋政治的二重奏。而余教授倚其史識，輔以現代的心理分析，遂得發幽抉微，一五一十道出事情的原委。尤其他刻劃光宗的「失心瘋」，直若親睹，令人拍案叫絕。而該章將史料與心理分析的概念融合無間，允稱中國心理史學的最上品。觀此，余教授依題命意，再次展現其多元的研究進路。

在〈緒說〉部分，余教授並不諱言他的研究取徑，迥異於時下以望空為高的流行進路。他頗引以為傲：書中的立論，咸得自辛勤爬梳的原始資料。套句樸學大師顧炎武的名言，即是取「採山之銅」所精鑄的良幣。在這點上，他不愧為敢言的歷史大家。

於他之前，以道統論為代表的「大敘事」(grand narrative) 主導了中國哲學與思想史的解釋。依此陳說，「道體」係永恆的存在；留俟後人恍兮忽兮地把捉；而「道學」的發展遂超越時空，無涉具體的歷史情境。在此一觀點的投射之下，宋明理學家竟似不食人

間煙火的迂儒，成天苦思冥索「人心惟危，道心惟微」
的精義。若套用余教授本人的用語，這類成說係學術
「兩度抽離」的產物。首先是把「道學」從儒學抽離出
來，其次再將「道體」從道學抽離出來，最終竟是生活
與學問互不相涉。而余教授的貢獻便是重塑理學的人
間世關懷，而非將理學通化約為政治的問題。

此一睿見得來委實不易。當下哲學史的工作，雖
真能辨析入微，發先儒所未發；猶恐深鎖在道統敘事
的桎梏裏。究其極，連當代新儒家的論述竟無非是傳
統大敘事的翻版。是故，余教授得及時戳破傳統的迷
思，不止具有解放的效果，而且樹立了一個研究的新
典範。

平心而論，中外固然有別。余教授之所以能洞悉
箇中底蘊，自然得力於他深厚的學養與歷史意識。但
在意向上，卻與後現代不謀而合。較諸西哲德希達解
構西方形上學的「邏各斯中心主義」(logocentrism)，余
教授所從事的歷史解析工作毫不遜色。

　　有趣的是，余氏的業師——錢穆先生，晚年以《朱子新學案》名重於世；而余氏的及門——田浩復以《朱熹的思維世界》風行兩岸三地。由此觀來，余氏的鉅著莫非寓有承先啟後之志，吾人謹拭目以待。

　　　　　　　　　　　　　初刊於 2003 年 7 月。

《野叟曝言》與孔廟文化

　　《野叟曝言》乃為中國篇幅最長的古典小說，此書對台灣的讀者尤為親切，原來轟動一時的電視掌中戲——「雲州大儒俠史艷文」即改編自此。[1] 該書原未署名，後經學者考定為清初夏敬渠所撰，因證據確鑿，殆無疑問。[2]

　　夏氏，名敬渠，字懋修，號二銘，江蘇江陰人。生於康熙四十四年(1705)，卒於乾隆五十二年(1787)，享齡八十三，在世期間適逢清朝太平盛世。

1　據王瓊玲女士訪問黃海岱、黃俊雄父子所言。見王瓊玲，《清代四大才學小說》(台北：台灣商務印書館，1997)，頁110，註16。

2　參閱魯迅，《中國小說史略》(北京：東方出版社，1996)，頁195–197；又趙景深，〈《野叟曝言》作者夏二銘年譜〉，氏著，《中國小說叢考》(濟南：齊魯書社，1983)，頁433–447。

　　夏氏原有用世之志，故博經通史，旁涉天文、醫術實用之學；無奈命運乖蹇，故恆困場屋，終其身竟懷才不遇，落落寡合。

　　孔聖有言：「天下有道則見。」[3] 作為儒教忠實信徒的夏氏，誠然將此一教誨烙印於心。譬如他曾自許：

> 士生盛世，不得以文章經濟顯於時，猶將以經濟家
> 之言，上鳴國家之盛，以與得志行道諸公相印證。[4]

夏氏之言不啻意謂大丈夫生於盛世，理當一展抱負、己達達人。然而現實的世界卻不遂人意。首先，夏氏與功名無緣，以致徒負經世之志，空無建樹。其次，他復身體羸弱，窮困潦倒。其實，夏氏永難釋懷的便是「邦有道，貧且賤焉」的際遇。[5]

3　朱熹，《論語集注》，收入氏著，《四書章句集注》(北京：中華書局，1983)，卷四，「泰伯第八」，頁 106。

4　西岷山樵，〈原序〉，夏敬渠著，散情主人點校，《野叟曝言》(西安：三秦出版社，1993)，頁 1。

5　朱熹，《論語集注》，卷四，「泰伯第八」，頁 106。

　　這種屈辱終激發夏氏於晚年構作《野叟曝言》此一長篇鉅著，以抒發其現實的挫折感。可是他遭時未遇的心結，並未隨之消散。例如：他的好友一度亟請付梓《野叟曝言》一書，令人費解的是，他既以該書不合時宜婉辭於前，復又允人為之評注於後。[6] 這種欲迎還拒的矛盾之情，恰是他內心掙扎的寫照。可是夏氏未曾料到，此一推託令《野叟曝言》足足延緩了百餘年，方得刊行問世。[7]

　　簡而言之，《野叟曝言》的成書，實由兩條軸線交叉而成。一是夏氏亟思彌縫現世挫敗的動機，另一則是夏氏獨特的表現手法。前者攸關內容的取捨，後者

6　西岷山樵，〈原序〉，《野叟曝言》，頁1。

7　《野叟曝言》最早問世的兩個版本，各刊行於光緒七年(1881)與光緒八年(1882)。其版本考辨，參閱歐陽健，〈《野叟曝言》版本辨析〉，氏著，《明清小說新考》(北京：中國文聯出版公司，1992)，頁397–417。拙文則根據三秦出版社所出版的標點本為依據，該書以光緒八年版為底本；此外，另參考刪節的「珍藏本」，由台北的世界書局於1962年出版。

則涉及寫作的風格。這兩條軸線，可由原書卷次編目一覽無遺。

《野叟曝言》原本編次以「奮武揆文，天下無雙正士；熔經鑄史，人間第一奇書」二十字分為二十卷。[8]「奮武揆文，天下無雙正士」當是夏氏自我意象的投射，這個期許在夏氏現實的際遇裏雖徹底落空，但在小說的世界裏卻全然實現了。於是故事的主角——文素臣，不止允文允武，且備沐人君知遇之恩，享盡人間的榮華富貴。

其次，誠如該書〈凡例〉所示，夏氏旨在「熔經鑄史」成「人間第一奇書」。換言之，夏氏以炫才耀學、彌補己志為目的，故處處將自己的詩作與經史見解融鑄其中，全書遂以呈現學問為長。後人以此歸為清代「才學小說」之祖，不無灼見。[9]本文則擬剖析夏氏在構作

8　夏敬渠，〈凡例〉，《野叟曝言》，頁3。

9　魯迅，《中國小說史略》，頁195。

《野叟曝言》一書中，所涉及的孔廟文化，藉此彰顯作者的價值觀與學術立場，並且反映孔廟祭祀制度在傳統社會的象徵意義。

誠如前述，夏氏深以未遇為憾，遂託《野叟曝言》一書以寓己意，故該書主角——文素臣於科考落第之後，便歷經險難，所幸憑依智勇雙全，終致得君行道，功成名就；隨之而至的妻妾成群、子孫滿堂、福壽全歸，猶不在話下。

走筆於此，全書臻於高潮，並且贏得一個大滿貫，作者理應就此落幕打住。可是夏氏偏偏多寫了一回，作為全書的結局。乍看之下，似為贅筆之舉。其故則是，夏氏竟花了該回全部篇幅，去詳述文素臣與其母親——水夫人，如何在夢幻之境裏榮登孔廷。這對當事人而言，或許方為「盡意」，然而衡之常理，今人讀此恍兮惚兮的結局，勢必迷惑難解。

該回光怪陸離，雖不比《新約聖經》末章的〈啟示錄〉（The Revelation），但已足以令人嘖嘖稱奇。其實，

夏氏所認同的文化價值在此回發揮到極致。

　　「孔廟」或「孔子廟」顧名思義，即知為奉祀儒教宗師孔聖之廟。那麼孔廟為何在夏氏心目中佔有如此重要的地位呢？這就端視孔廟在傳統社會所扮演的角色了。在帝制中國，孔廟作為官方祭祀制度，恰是政治與文化兩股勢力最耀眼的交點。宋末元初的熊鉌（1253–1312）說過：「尊道有祠，為道統設也。」[10]此處的「祠」，指的即是孔廟。孔子為道統之源，素為儒者所宗；祭祀孔子，即是為了尊崇道統。這點傳統的儒生與人君均無異辭。[11]

　　是故，《野叟曝言》一書的主角取名「文素臣」（文白，字素臣，以字行），作者蓋別有深意。按，孔子固

10　熊鉌，《熊勿軒先生文集》（收入《叢書集成初編》〔上海：商務印書館，1936〕，第2407冊），卷四，頁48。

11　請參閱拙作〈權力與信仰：孔廟祭祀制度的形成〉，收入拙著《優入聖域：權力、信仰與正當性》（台北：允晨文化事業公司，1994、2003；北京：中華書局，2010），允晨版頁163–216，中華版頁139–183。

功在人文化成，致受稱頌「德侔天地，道冠古今」，[12] 然而政治上卻有德無位，後代儒生緣此特以「素王」尊崇之。[13] 而「文素臣」三字望文即知為輔佐或榮耀孔聖之意。由此一命名，遂定下《野叟曝言》打僧罵道、維護儒教的基調。

該書末回固攸關孔廟事宜，惟全書另有多起涉及孔廟文化。例如：第一百一十七回敘及新皇登基，即「詔告天下，遣官祭告闕里孔子廟」一事。[14]《野叟曝言》故事發生於明朝成化、弘治年間，也就是憲宗、孝宗父子二朝。憲宗史稱崇信異教，廣建齋醮，而其子——孝宗甫繼位則「革法王、佛子、國師、真人

12　「德侔天地」、「道冠古今」為闕里孔廟稱頌孔子的兩個牌坊，亦常設於地方孔廟。

13　以「素王」尊崇孔子，自漢儒董仲舒（公元前179–前104）以降，大為流行。

14　夏敬渠，《野叟曝言》，第一一七回，頁1264。

封號」，[15] 兩相比照恰好成為故事發展的分水嶺，甚契合夏氏創作的背景。小說中安排憲宗禪讓，太子即帝位，即遣官赴闕里，祭告孔子。這便是仿照明朝創業之君——太祖所定下的禮儀規矩。[16] 原來明太祖固然輕蔑儒生，卻頗諳運用孔廟象徵，以強化統治的意理基礎。[17] 太祖初定天下之後，立下詔後代子孫於繼承皇位之時，必得遣官闕里，上告孔聖。夏氏鋪陳憲宗、孝宗交接皇權之儀，即依據此一令例。

此外，第一百四十回裏，朝廷緣文素臣進言，得以盡除釋、老二氏，平定四夷；孝宗遂囑制樂，以為春秋丁祭文廟(孔廟別稱)時用之，以表除滅之功。[18]

15　張廷玉等，《明史》(台北：鼎文書局，1979)，卷十五，頁183。

16　李東陽等奉敕撰，申時行等奉敕重修，《明會典》(收入萬有文庫《國學基本叢書》〔上海：商務印書館，1936〕)，卷九一，頁2080。

17　請參閱拙作〈道統與治統之間：從明嘉靖九年(1530)孔廟改制論皇權與祭祀禮儀〉，收入《優入聖域：權力、信仰與正當性》，允晨版頁147–157，中華版頁125–132。

18　夏敬渠，《野叟曝言》，第一四十回，頁1556–1557。

按，「祭告」孔廟，原為中古以來，國有大事方踐行之典。明、清政府對此均有明文規定，[19] 夏氏必甚了然，故行文如此。

　　除具有上述政治象徵之外，闕里孔廟原為儒教發祥地，歷史上向是儒生心靈的原鄉之所；所以朝拜闕里輒為儒士的宿願。文人雅士亦恆藉闕里之行，抒發文思。[20] 有趣的是，夏氏刻意將個人進謁闕里孔廟的詩作，鑲嵌到該書裏去。譬如：夏氏個人詩文集《浣玉軒集》中所收的〈闕里謁至聖廟〉、〈詩禮堂〉、〈孔子手植檜〉、〈謁復聖廟〉等詩均一一重現在《野叟曝言》第一百四十二回。[21]

19　杜佑，《通典》(北京：中華書局，1988)，卷五三，〈釋奠〉，頁1471–1472；趙爾巽等撰，《清史稿》(北京：中華書局，1994)，卷八二，〈祭告〉，頁2500–2501。

20　可略參閱孔祥林、郭平選注，《闕里詩選》(濟南：山東友誼書社，1989)。

21　夏敬渠，《野叟曝言》，第一四二回，頁1574。參見趙景深，〈《野叟曝言》作者夏二銘年譜〉，頁438–439。又，〈闕里謁至聖廟〉等詩，都收在《浣玉軒集》卷四。

在小說裏，這幾首詩均出自文素臣之孫——文界之手，而文界正是不世出的神童，曾以神童應廷試，授翰林編修。夏氏之假託文界以著錄己詩，適透露其自負之情。夏氏復安置文界旅經曲阜，馬騎失控，誤闖號稱「天下第一家」的「衍聖公府」，致為衍聖公所賞識，特允以婚姻。[22] 要之，小說裏，文素臣一家本以躬承道統自任，此番復與聖裔聯姻，令得文家在文化與血緣均能銜接道統一脈，地位愈形非凡。

值得一提地，夏氏令文界與孔家結親，反映的不止是文人心態，連皇室亦惟恐落人於後。歷史上進謁孔廟最多次的乾隆皇帝，於首次蒞臨孔府即說定將鍾愛的女兒下嫁孔家；並在乾隆三十七年（1772）舉行盛大的婚禮。結婚前，從京城到曲阜，百官運送嫁妝每

22　官方所認可的孔子嫡裔，自漢代以下封爵不一，宋仁宗改稱「衍聖公」。明太祖時，朝班一品，列文臣之首。孔繼汾，《闕里文獻考》（清乾隆二十七年刻本），卷十八，頁1下–2上。

日不停,足足運了三個月。[23] 這椿事情,夏氏想必有所
耳聞,其在《野叟曝言》刻意令才華出眾的文界與孔家
聯姻,是否暗示著「有為者亦若是」,而攀附孔家並非
王室特權而已。

到底孔府具有何種獨特的吸引力,令得上自人
君,下迄士子,爭相恐後與之攀親帶故呢?明末大散文
家張岱 (1597-1679) 在進謁闕里孔廟時,與孔家人有段
對談極具啟發性,適可代為解答。孔家人告訴張氏說:

> 天下只三家人家,我家與江西張、鳳陽朱而已。
>
> 江西張,道士氣;鳳陽朱,暴發人家,小家氣。[24]

「江西張」指的是江西龍虎山道教傳承者張氏一系,「鳳
陽朱」則是起家鳳陽的明朝王室。孔門子弟一口氣將此

23　孔德懋,《孔府內宅軼事:孔子後裔的回憶》(天津:天津人民出版
　　社,1982),頁 24-25。

24　張岱,〈孔廟檜〉,氏著,《陶菴夢憶》,收入朱劍芒選編,《美化文學
　　名著叢刊》(上海:世界書局,1947),頁 10。

二大家比下去，適顯其自尊自貴的精神，其所憑藉的無非是萬世一系的文化貴族意識，其能體現道統純拜歷史演化之賜。[25]

　　然而綜觀全書，仍以該書末回蘊藏孔廟文化最為豐富，且最具思想意涵。該回題為「洩真機六世同夢，絕邪念萬載常清」，敘述的是水夫人、文素臣、文龍（素臣長子）於夢境中所見所聞。

　　首先，水夫人夢及與天子親母紀太后俱受邀至「聖母公府」，行至該府大殿「胎教堂」，見堯母、舜母率領許多后妃夫人降階而迎。這些夫人無非育教得宜，母以子貴。語及座位席次，堯母、舜母竟稱：

> 此堂序德不席齒，今日之會，更席功不席德；母
> 以子顯，德以功高。[26]

25　請參閱拙作〈權力與信仰：孔廟祭祀制度的形成〉，《優入聖域：權力、信仰與正當性》，允晨版頁195–201，中華版頁165–171。

26　夏敬渠，《野叟曝言》，第一五四回，頁1714。

力促水夫人與紀后上坐，而堯母、舜母等則擬屈居陪
侍之位。水夫人及紀后聽此，均嚇得「面如土色，惟稱
死罪」。堯母、舜母遂援孔聖之例，復加敦勸道：

> 至聖刪述六經，垂憲萬世，使歷聖之道如日中
> 天，其功遠過某等之子；席德席功，本該聖母首
> 坐。因其執君臣之義，不肯僭本朝后妃，故列周家
> 二后之下。若太君（水夫人）則時移世隔，可無嫌
> 疑。而老、佛之教盡除，俾至聖所垂之憲，昌明於
> 世，功業之大，千古無倫！[27]

是故，紀后首坐，水夫人次之，實為允當。而孟母、
程母、朱母從旁復各有說詞，惟其所羅列的理由，有
虛擬、有實測。

虛擬的是，夏氏借孟母之口，以明太祖曾謁聖
廟、聖林，俱行弟子之禮；建議紀后列坐聖母（孔母）

27　夏敬渠，《野叟曝言》，第一五四回，頁 1714–1715。

之後，宛如弟子之於師。[28] 按，太祖之事，純屬子虛烏有。[29] 更何況太祖一度停止天下通祀孔子，且因不滿孟子議論，將其罷祀。[30] 夏氏點出代表皇室的紀后猶不敢居孔母、孟母之前，若非反諷，即是補償作用。

實測的是，程母（二程之母）、朱母雅不願僭位水夫人。他們同聲附和道：

> 妾等之子，雖稍有傳註之勞，而闢異端、衛聖道，不過口舌之虛；較文母之實見諸行事者，迥不侔矣！[31]

---

28 同上，頁1715。

29 明太祖曾進謁地方孔子廟、釋奠孔子於國學，惟未曾拜謁曲阜聖廟、聖林。參閱張廷玉等，《明史》，卷一至卷三。

30 洪武五年（1372），太祖因覽《孟子》，至「君之視臣如土芥，則臣視君如寇讎」，謂非臣子所宜言，乃罷孟子配享。《明史》，卷一三九，頁3982；又孫承澤，《春明夢餘錄》（香港：龍門書店，1965），卷二一，頁31下。

31 夏敬渠，《野叟曝言》，第一五四回，頁1715。

於此傳統「三不朽」的價值觀發生了作用。依前者之言，程、朱固貴於「立言」，惟「立德」、「立功」尚待文氏母子以畢其功。[32]

　　要之，文母水夫人在全書的角色，並不比素臣來得輕。西諺云：「偉人背後，常隱藏一位女性的蹤影。」此話當真，衡諸中國社會的脈絡，這位女性指的定是「母親」。水夫人早寡，隻手扶育、教導文氏兄弟。小說首回開宗明義即說她「賢孝慈惠，經學湛深，理解精透，是一女中大儒」。[33]又水夫人服膺程朱之教，在第六十二回裏，家小議論「朱陸異同」時，已為破題。[34]她既是慈母，且是文家的精神指標；她所揭櫫的「義理

32　《左傳》襄公二十四年載有：「太上有立德，其次有立功，其次有立言，雖久不廢，此之謂不朽。」竹添光鴻，《左傳會箋》（台北：廣文書局，1969），第3冊，頁22。

33　夏敬渠，《野叟曝言》，第一回，頁3。

34　夏敬渠，《野叟曝言》，第六二回，頁665–666。水夫人言道：「《大學》之道，必從窮理入手，故格物為第一義。……當悉心體驗程、朱之說，勿以私智小慧，求奇而立異也。」

準則」(intellectual correctness)，其實就是作者夏氏本人的學術立場。小說中的文素臣，所思所行只不過是奉行母訓。故文母節行特受褒揚。

總之，正值「聖母公府」眾說紛紜之際，旋因參照邀宴文素臣的「歷聖公府」的席次，遂得定奪。原來「歷聖公府」的座席為「各帝王聖賢照舊列坐，素父居末」，[35]代表的正是宰制權勢的男性世界。而「聖母公府」象徵的則是文化至上的女性世界，可是最終仍得屈服於權力的支配。而「歷聖公府」和「聖母公府」預擬的座席秩序恰是現況與未來、現實與理想的對比。

按理「聖母公府」座席既定，水夫人即屆夢醒之時；然而夏氏復節外生枝，安插水夫人於夢境尾端，候聞陸九淵之母前來聲冤，哭訴其子為素臣從孔廟撤主黜祀。[36]此一情結，夏氏用心，至為顯然。

35　夏敬渠，《野叟曝言》，第一五四回，頁 1715。
36　同上，頁 1716。

　　夏氏曾自喻「一宗程朱」，而於「陸、王二子，則
必辭而闢之」。[37] 他宗程朱、斥陸王的立場始終極為
堅決。因此，故事中的文素臣，在宗教上不止需剷
除佛、老外道；在理學內部，則必進行堅壁清野的工
作。而異端陸九淵 (1139–1193)，尤是他攻訐的對象，
必從孔廟除名而後快。[38] 因此在第一百二十四回中，夏
氏假文素臣的奏摺「禁生徒傳習陸九淵偽學，撤從祀聖
廟主」。[39] 故事發展一如所料，孝宗嘉納文氏建言，並
「即日行之」。

　　令人訝異的是，夏氏上述佈局完全罔顧史實：
第一，宋儒陸九淵在孝宗朝尚未入祀孔廟，根本無從

37　夏敬渠，〈《醫學發蒙》自序〉，《浣玉軒集》，卷四；轉引自王瓊玲，
　　《清代四大才學小說》，頁47。

38　夏氏不攻擊王守仁 (1472–1529)，最簡單的理由是，在故事的下限
　　時間 (孝宗弘治十八年，1505)，王氏仍舊活著，因此完全沒有從祀
　　問題。

39　夏敬渠，《野叟曝言》，第一二四回，頁1344。

撤祀；其次，雖遲迄世宗嘉靖九年(1530)，陸氏方允從祀，卻從未有廢祀的紀錄。這些祀典對傳統儒生均是耳濡目染的教育常識，[40] 遑論以文史淵博著稱的夏氏了。既知如此，夏氏為何仍要編造背離史實的情節呢？這就耐人尋味了。

為了解開此一謎題，則必得明瞭孔廟從祀制與傳統儒生的互動模式。要之，孔廟祭祀的對象，除卻孔子，尚包括朝廷所認可的儒家聖賢；緣此，身後得以從祀孔廟自然成為儒者無上的榮譽。所以傳統的儒生相信：「從祀大典，乃乾坤第一大事。」[41] 這種價值觀是經過五四反孔洗禮的現代知識分子所難以理解的。但直至清亡之前，這種意念仍然縈繞在讀書人的腦海裏。一位自號「夢醒子」的文人竟還說道：

40　自中古「廟學制」正式建立以來，儒生常在孔廟附設的學校學習經典。

41　瞿九思，《孔廟禮樂考》(明萬曆三十五年史學遷刊本)，卷五，頁45下。

人至沒世而莫能分食一塊冷肉於孔廟，則為

虛生。[42]

可見從祀孔廟的象徵意義深植士子人心。

　　必要補充的是，孔廟從祀制反映的是時下的道統

觀，所以從祀人物無法互古不變。換言之，學術動向

和從祀標準，二者如影隨形，與時俱遷。明代江門學

者唐伯元 (c.1540–c.1598) 的〈石經疏〉把此一現象表達

得極為生動。他說：

新學之行未甚也，如其不為朝廷所與也，臣亦

可以無憂也。今者（王）守仁祀矣，赤幟立矣，

人心士習從此分矣。[43]

42　劉大鵬遺著，慕湘、呂文幸點校，《晉祠誌》(太原：山西人民出版

　　社，1986)，卷八，〈祀至聖〉，頁201。古人以豬肉祭祀從祀諸儒。

　　按，劉大鵬 (1857–1942) 別號夢醒子。

43　唐伯元，《醉經樓集》(中央研究院歷史語言研究所傅斯年圖書館藏朱

　　絲欄舊鈔本)，附錄，〈石經疏〉，頁23上。

是故，從祀人選不止為政教矚目的焦點，尤為儒生關切所在。

同理，清初士人動輒以明亡歸罪陸、王之學，這點連明末遺老顧炎武（1613–1682）、王夫之（1619–1692）皆未能免俗。[44] 那些汲汲鼓吹「返歸程朱」的儒者尤同仇敵愾，極盡攻訐之能事，於是撤祀陸、王之聲便不絕於耳。例如程朱學者張烈（1622–1685）大聲撻伐：「陽明（王守仁）之出，孔、朱之厄。」誓必罷祀王氏方甘休。[45] 有清一代考證的開山學者——閻若璩（1636–1704），同以維護朱門自任，甚而揚言欲「近罷

44　顧炎武，《原抄本顧亭林日知錄》（台北：文史哲出版社，1979），卷二十，頁539；張載撰，王夫之注，《張子正蒙注》，收入中華文化叢書委員會審訂兼編修，蕭天石主編，《船山遺書全集》（台北：中國船山學會、自由出版社，1972），卷九，頁12上。

45　張烈，《王學質疑》（收入《百部叢書集成》〔台北：藝文印書館，1968〕，第26冊，據清康熙二十年〔1681〕正誼堂全書影印），〈附錄：讀史質疑四〉，頁12下、頁14上–14下。

陽明，遠罷象山」。[46] 作為程朱忠實信徒的夏氏，自是
承此遺緒，圖以故事形式罷祀陸氏，以便影響視聽，
左右孔廟從祀人選。其憤慨之情，似亦不亞於當時攻
朱甚力的戴震（1724–1777），他曾放言：

> 使戴某在，終不許朱子再喫孔廟冷豬頭肉。[47]

然而罷祀終是消極的手段，入祀方為萬古盛典。因
此，夏氏又讓代表程朱正統的文素臣在己夢中，見到
「薪傳殿」，內設：

> 伏羲、神農、黃帝、唐堯、虞舜、夏禹、商湯、
> 周文王、武王、周公、孔子十一座神位，臨末一
> 位，紅紗籠罩，隱隱見牌位上，金書「明孝宗」三

46　閻若璩，《尚書古文疏證》（收入《景印文淵閣四庫全書》〔台北：台灣
　　商務印書館，1983〕，第66冊），卷八，頁91上–95下。

47　轉引自錢穆，《中國學術思想史論叢》（台北：三民書局，1980），第
　　8冊，〈王白田學述〉，頁191。此條資料承池勝昌賜知，謹此致謝。

字。旁立皋陶、伊尹、萊朱、太公望、散宜生、
顏子、曾子、子思子、孟子、周子、兩程子、朱
子十四座神位。[48]

最重要的,「臨末一位,也是紅紗籠罩,隱隱見牌位
上,金書文子字樣」。[49] 此處的「文子」指的正是文素
臣本人。而孝宗、素臣均受奉祀,適博得千古君臣相
得的美名。除此之外,夏氏創發「薪傳殿」的目的何在
呢?以奉祀對象而言,不外是「聖君」與「賢相」的配套
模式。以歷史淵源視之,夏氏顯然取法明世宗的「聖
師」之祭,[50] 或清聖祖的「傳心殿」;[51] 惟夏氏尚有所損
益,其變革之處適透露其儒學精神。

48　夏敬渠,《野叟曝言》,第一五四回,頁1718。

49　同上。

50　張廷玉等,《明史》,卷五十,頁1295。

51　趙爾巽等,《清史稿》,卷八四,頁2532。

　　本來元末熊鉥、明初宋濂（1310–1381）均曾建議，
以伏羲為道統之宗，神農等八位聖王以次列祀，配以
其他歷史名臣，秩祀「天子之學」，而為天子公卿所宜
師式。此外，上自天子，下至庶人，另行通祀孔子，
則道統益尊。[52] 但淪到明世宗、清聖祖手中，卻以周公
與孔子取代歷代名臣，左右配享，此不啻貶抑孔子的
地位。

　　相形之下，夏氏的「薪傳殿」蓄意彰顯「周公稱
王」、「孔子素王」的陳說，將周公和孔子與諸聖王等量
齊觀，並排而立；他又別出心裁取顏子迄文素臣列入
配享名臣，使得程朱道脈大放異彩；其宗派意識，至
此獲得前所未有的發揮。

　　文素臣的夢中，亦勾勒出理想的世界。前此，武
士挖掘出來的人心，「或如佛像，或如菩薩、天尊、神

鬼之像」，晚近取出的人心則個個皆是「孔子之像」。[53]
由是可知世人心中淨潔，只有孔子，而無佛老諸邪。

　　末了，素臣長子——文龍在其夢境，觀見明太祖
以下諸先皇帝，獲賜「與國咸休酒」和「同天並老酒」。[54]
這兩種酒名蓋取自乾隆時著名文人紀昀（1724–1805）幫
衍聖公府所書寫的楹聯「與國咸休安富尊榮公府第，同
天並老文章道德聖人家」，[55] 以象徵文家如同孔府聖裔
萬古流芳，代代尊榮無比。

　　析言之，水夫人、文素臣、文龍三代祖孫之夢，
實環環相扣，從個人至家族、從學術至政治，逐一體
現作者的價值觀，從而引領我們窺探「道學先生」的
心靈世界。欲進入此一世界，解碼孔廟符號蓋不可或
缺。古人說：「論古必恕。」惟其能替歷史人物設身處

53　夏敬渠，《野叟曝言》，第一五四回，頁1718。

54　同上，頁1719–1720。

55　駱承烈、郭克煜主編，《孔子故里勝跡》（濟南：齊魯書社，1990），
　　頁148。

地地思量，方不致時空錯置，謬以「變態心理」曲解夏
氏的藝術成就。[56]

初刊於 1998 年 2 月，2014 年 11 月校訂。

---

56 比較侯健，〈《野叟曝言》的變態心理〉，氏著，《中國小說比較研究》
　　（台北：東大圖書公司，1983），頁 33–54。

附錄

思想的蘆葦：一位研究者的告白

　　「思想的蘆葦」（thinking reed）一語，明眼人一望即知，係借用西哲巴斯噶（Blaise Pascal, 1623–1662）的名言。他在其名著《沉思錄》（*Pensées*）裏說道：「人像似存在中最脆弱的蘆葦，但卻是會思想的蘆葦。」[1] 巴氏以「能思考」來彰顯人無比的尊嚴，以對抗浩瀚而無意識的大自然。拙作則意不在於此，它只不過要供出：個人微不足道的知識探索，說穿了，也只能是「思想的蘆葦」的一己之見，蓋難脫野人獻曝、敝帚自珍的俗諦。

1　Blaise Pascal, *Pensées* (New York: Grolier, 1978), translated from the French by Issac Taylor; with a critical and biographical profile of the author by Alfred Stern, p. 8.

　　以下，我想挪用些許的篇幅，對拙作的智識背景略作交代。個人知識的養成教育來自三個重要的學術機構：台灣大學（1969–1975）、哈佛大學（1977–1983）、中央研究院歷史語言研究所（1983迄今）。茲略述如下：

　　首先，台灣大學乃台灣首善的學府，自不待多言。國民政府撤退來台（1949），傅斯年臨危受命出任該校校長僅一年有餘，卻立下自由、獨立、多元的學風，影響迄於今日，而為師生所感念。台灣四邊環海，位處東、西交通樞紐，極易受外來文化的影響，在歐風美雨的籠罩之下，1970年代的台灣，存在主義（existentialism）的口號「存在先於本質」（existence precedes essence）喧騰一時。[2]

2　這是法國存在主義哲學家薩特提出的。Jean-Paul Sartre, "Existentialism is a Humanism," in *Existentialism: from Dostoevsky to Sartre*, ed. Walter Kaufmann (New York: Meridian Publishing Co., 1989).

年輕學子人心惶惶，無不戮力突顯個人的主體性，亟求作生命的抉擇，「苦悶的象徵」乃為其時精神的共相。[3]

但有趣的是，人文研究的走向，卻與存在主義的風潮背道而馳。台灣學界當時面臨嶄新一波西潮的洗禮，與「邏輯實證論」(logical positivism or logical empiricism) 相互呼應的「行為科學」(behavioral sciences) 驟然躍為人文研究的主流趨勢。[4] 要知「存在主義」與晚出的「邏輯實證論」原本便格格不入，甚至針鋒相對；但，我們的師長輩多半從美國學成歸國，無不主張從「社會科學」下手，方為歷史研究的不二法門。

唯師命是從的我，便到處修習攸關「心理學」、「社會學」、「人類學」的課程；甚至也到哲學系選了「符號

3　廚川白村，《苦悶の象徵》(東京：改造社，1924)。

4　「行為科學」乃社會科學的一種特殊形態，以「行為論」(behaviorism) 為準則，排斥「內省」與「價值」的研究取向。

邏輯」、「數理邏輯」、「科學哲學」、「語意學」，前三門
課是向林正弘老師修習，最後一門課則是與一位美國
教授 Perry Smith 上的；[5] 也旁聽了「文學批評」、「物理
學」、「微積分」等，但都不了了之，一心只以「世界知
識公民」自勉。究其實，當時這些學問因為缺乏「時間
向度」，對歷史工作甚難起作用，個人卻渾然不自覺。

　　而在大學二年級，由於上了杜維運（1928–2012）
老師的「史學方法論」，激發我對「方法論」的高度興
趣，復又延伸到他系旁聽了楊國樞老師的「人格心理
學」和李亦園老師的「宗教人類學」的方法論。治學雖
勤，但也搞得六神無主。

　　好高騖遠的我，總是想找出一條終南捷徑，俾便
攀爬學問的巔峰，「方法論」無疑就滿足了我天真的想
法，以為有此利劍在握，即可無堅不摧、無往不利。

5　哈佛的業師奇怪我怎麼讀得懂「解析哲學」的專技論文，其實與此
　　有關。

不料有天，我與蒙元史的蕭啟慶教授分享此一想法，卻遭當頭棒喝。記得他說：「史學方法乃名師大儒，方有資格談論，並不適合初學者憑空構想。」刹那間，我雄心墜地心茫然，頓萌光陰虛擲的感觸！

　　所幸來了兩場及時雨，即時挹注了失落的心靈，再次鼓動我追求知識的熱情。其一，從海外返國的客座教授──蔡石山先生當時開設一門「西洋史學史」，課堂所用的教本《歷史思考》(*Historical Thinking*)交代西方史學的發展，提綱挈領、條理清晰，極適入門者，因此讀來興趣盎然。[6]偶爾碰到一個英文辭彙：「historicism」，翻遍普通的英語字典，卻無從得解。好奇心的驅使下，我便著手蒐集相關的資料，日後竟成碩士論文的題目。當時台灣世界史的水平並不高，鮮有人以西洋史作為論文題目，但指導教授陶晉生老師

6　Trygve R. Tholfsen, *Historical Thinking: An Introduction* (New York: Harper & Row, 1967).

本身係宋金史的名家，卻給我極大的發揮空間，讓我
放手一搏！由於經營既久（從大二至研二），「歷史主
義」的論文後來出版，評價還不惡呢！

　　此外，就讀研究所時，復逢林毓生教授遠從美
國回台義務講學。林老師授課觀點新穎、熱情洋溢，
甚富感染力，他引介了孔恩、普蘭霓、韋伯、格爾茲
（Clifford Geertz, 1926–2006）等，令人耳目一新。課
堂上座無虛席，不乏來自各校的好學之士。他精彩的
授課，讓我對西方的學術重鎮充滿了無限的憧憬。有
次，我便自告奮勇地告訴林老師，擬以「比較思想史」
作為未來治學的標的，但林老師告誡「比較思想史」委
實不易。最後，我只好帶著滿腔的疑惑與不解，踏上
前往西方取經的道路。

　　總結在台大求學的階段，利弊參半。益處是開放
多元的學風，令我早熟又不成熟，博學無所成名；其
弊則是：除了念了上百篇的論文，協助杜維運老師編
選了兩冊《中國史學史論文選集》之外，國學的基本工

夫幾乎付之闕如，對冥冥之中將以治中國史為志業的我，無疑是項與生俱來的弱點。

在台大求學階段，養成一個閱讀習慣或許稍值一提。由於身處苦悶的時代，年輕人心情青澀是自然之事，但總勉強自己以閱讀西方經典名著，來排遣內心的鬱悶。其故無它，閱讀外文名著必須聚精會神、心無旁鶩，因此不知不覺「苦讀」了一些大小不拘的名著，舉其例：結構功能學派莫頓（Robert K. Merton, 1910–2003）厚重的《社會理論與社會結構》（*Social Theory and Social Structure*），或交換學派賀蒙（George C. Homans, 1910–1989）輕薄短小的《社會科學的本質》（*The Nature of Social Science*），納格爾（Ernest Nagel, 1901–1985）的鉅著《科學的結構》（*The Structure of Science: Problems in the Logic of Scientific Explanation*）等，不意日後竟方便與西方學術接榫。例如：赴美第一年，初到匹茲堡大學，與許倬雲老師學習社會史；在政治系「民族主義」（Nationalism）的課堂上，便權宜借用了

神學大家田力克（Paul Tillich, 1886–1965）「終極關懷」
的觀念，寫了關於梁啟超的初稿；又在修習「古典社會
理論」時，因表現出人意表，社會系有位教授竟鼓勵我
轉到社會系。但，當時我一心嚮往西方學術淨土的哈
佛大學，便就作罷。

　　在哈佛的時代，西方學術波瀾壯闊的場景讓我大
開眼界。不時沐浴在濃郁的智性氛圍裏，名副其實所
謂「名教中自有樂地」；有幸得以親身領略西方偉大的
學術傳統，不啻作為學生最大的福氣。

　　當時我充滿好奇心，宛如脫韁野馬，絲毫不受
控制，到處聽課。雖是主修歷史，但其實大部分的時
間，都放在外系的課程，尤以哲學系為最。我對《正義
論》的羅爾斯，更是每課必與；辯才無礙的普南的課，
我也是常客。德人海尼希所開的「黑格爾」（Hegel）課
程，令我警覺到即使英美名家所述的黑氏哲學，究竟
只是霧裏看花，只能得其形式，難以取其精髓，何況
文化差異甚大的東方人呢？如此下去，我終究還是落

得「文化的消費者」而已，談不上是個腳踏實地知識的
製造者。所有一切在拙作《哈佛瑣記》已略有陳述，於
此不再贅筆。

　　總之，在哈佛有兩位重要的先生，循循引導我
步上研究的旅途，其影響既深且遠。其一為史華慈教
授，他以比較思想史馳名於學界，尤以比較中、西思
想交涉的《尋求富強：嚴復與西方》一書，膾炙人口。
約言之，史華慈老師示知我如何以批判的眼光，處理
中國思想的問題；更重要地，他把我從西學遊騎無
歸，拉回到中學，他認為我原先些許的西學背景，定
將有助於探討中國文化的特色。若說拙作的問題意識
與傳統的提問略有不同，這都要歸功於史華慈老師的
規勸。但個人研究成果的良窳得失，則尚待學界評斷。

　　有鑒於我的中學底子不足，史華慈老師介紹我到
耶魯大學向余英時教授求教。在留學期間，往返於兩
所名校，精神樂不可支。余英時老師以身作則，教導
從何入手，方為研究中國文化的康莊大道。他把我從

「概念取向」的迷途，導正到正確的研究軌道。我的博士論文題目「李紱與清初的陸王學派」便是他給予的。[7] 當余先生建議從李紱著手，我甚至連李紱是誰都不知曉。李紱在有清的儒學發展，本來就罕人聞問，除了太老師錢穆在《中國近三百年學術史》有專章處理，梁啟超也只有點到為止。因此，令我無所傍依，只能中規中矩，讀完李紱不算少的全集，從中慢慢得出一些看法，算是顧炎武所謂的「採銅於山」吧！

　　在治中國史方面，余老師為我立下一個學習的典範。他不止是位「經師」，同時也是位「人師」。他高風亮節、有為有守的人品，令人由衷地佩服。作為經師，他來者不拒，提攜後進無數。本身問學始終如一，不只中學根柢深厚，西學也運用得收放自如；他

7　日後擴充為《十八世紀中國的哲學、考據學與政治：李紱和清代陸王學派》：Chin-shing Huang, *Philosophy, Philology, and Politics in Eighteenth-Century China: Li Fu and the Lu-Wang School under the Ch'ing* (Cambridge: Cambridge University Press, 1995; paperback edition, 2002).

選題尤為別出心裁，一有創獲，深入淺出，廣為士林所傳頌，其影響至有逾於專業的藩籬，而為學界所宗。

在哈佛掛單六年，畢了業為何去何從，著實有不少的掛慮。若留在美國，以我半生不熟的表現，頂多只能謀個小學校任教，討個生活而已，因此不如歸去。幸而在故鄉得到學長的幫忙，竟然有四、五個去處可以接納我，令人喜出望外。最終，我選擇了史語所，如今看來，這是一個正確不過的抉擇了。

當時甚至有友朋邀約至社會科學的單位服務，鼓勵我專攻社會理論或西洋史學，但我內心除了史語所，並不作他想。因為史語所根柢深厚，久享漢學界的盛名，加上伊悠久的實學傳統恰可以彌補我為學的弱點。記得頭回講論會報告，便被資深研究同仁質疑史料的版本問題。師友之間的問難更是常事。偶有疑惑，立有諸多方家可以隨時執經請益。凡此總總，令我受益匪淺。日後，印證我先前的想法並不差。

　　其中有個插曲：當時我的所學與史語所「史料學派」的學風，確有落差，連兩位授業老師都不看好我會被接納。最後，感謝幸運之神及諸多學長的眷顧，竟能夢想成真，成為史語所的一員。這是我一生第一個職業，也是最後的一個職業。

　　在所，如老僧入定，經常孤燈守長夜，但能摒除俗世的煩擾，尚友古人，竟也樂在其中。時光蹉跎，年事既長，不覺之中，由史語所的學徒，至忝列為該機構的負責人，不禁有稍許的感觸想一吐為快。我時將史語所喻為少林寺，於其內武藝精進、修持最高的僧人，往往並非方丈或掌門人，而是躲在藏經樓裏的掃地僧或深藏不露的苦行僧，他們耐得住寂寞，最能體會「淡泊以明志，寧靜以致遠」的道理了。置身於講求「效用」的華人社會裏，能夠堅持一生唯一念，以學術作為終身的志業，[8] 委實非為易事。

8　德國社會學家韋伯在慕尼黑大學發表演講「學術作為一種志業」(德

（轉下頁）

　　總之，我所經歷的這三個學術單位具有共同的
風氣：自由、多元、容忍；對雄心大志的初學者，無
疑是最佳的禮物。史語所極適合經營長時段的學問，
經久的錘鍊最能孕育，雖非舉世無雙、但絕對是別有
特色的大學問。雖說史語所有此利基，但個人緣先天
的限制，總有辜負之憾。年輕時，偉岸自喜，作為
理論先鋒，性喜高談闊論；個性孤僻，但卻為友朋所
容忍。大學時或許受「存在主義」與「分析哲學」的感
染，讓我對學問的品味始終停留在唯美的感覺，美其

（接上頁）

文原作「Wissenschaft als Beruf」，英譯為「Science as a Vocation」），析
論從事學術者必須具備的內在特質，並指出因學術的特性，學者必
須面對孤獨及超越的道路。原作於1919年出版，譯本甚多。例如：
韋伯著，錢永祥譯，〈學術作為一種志業〉，《學術與政治：韋伯選集
(I)》（台北：允晨文化事業公司，1985），頁115–151；韋伯著，馮克
利譯，〈以學術為業〉，《學術與政治：韋伯的兩篇演說》（北京：三聯
書店，1998），頁17–53；Max Weber, *The Vocation Lectures* (Indianapolis:
Hackett Pub., 2004); edited and with an introduction by David Owen and
Tracy B. Strong, translated by Rodney Livingstone。